三木三奈

アイスネルワイゼン

文藝春秋

目次

初出誌　「文學界」
「アイスネルワイゼン」二〇二三年十月号
「アキちゃん」二〇二〇年五月号
装画　伊藤幸穂
装丁　野中深雪
ＤＴＰ制作　ローヤル企画

アイスネルワイゼン

アイスネルワイゼン

子供がうつらうつらしはじめたところで、琴音《ことね》は足を組み直した。太ももに手をのせ、ピアノの屋根の上、四つの写真立てを眺める。端から順に、子供の写真、家族の写真、子供の写真、子供の写真。メトロノームは隣の食器棚の中、ワイングラスの横に並んでいる。琴音は腕時計を見おろすとため息をつき、子供の横顔を見つめた。頭がゆらゆらと前に傾いて楽譜にあたりそうになると、子供はびくついて目を開いた。

「寝てたでしょ」

琴音が言うと、子供は目をつむったまま、にやりとした。

「疲れちゃった?」

子供は曖昧にうなずいて言った。

「走ったから」

「走ったの」

「体育で」

「そうなんだ」

「マラソン大会あるから」

「マラソン大会？」

「一月二十三日」

「そうなんだ」

琴音はバイエルに手を伸ばし、前のページをくりながら、

「寒いのに、大変だね」

と言った。子供はため息をつき、尻をもぞもぞと動かした。

「じゃあここ、ここからさっきまでのところ、続けて一回やってみようか。そしたら今日は、もうおしまい」

そのとき玄関のドアが開く音がした。子供はそろそろとピアノを弾き始め、途中でやめ、指で楽譜をなぞり、ひぃ、ふぅ、みぃと音符を数え、また弾き、中断し、ひぃ、ふう、みぃ、と数え、ひと息つくと鍵盤を押した。母親がそっとリビングの扉を開け、静かに部屋に入ってきた。琴音は振り向き、母親が手に下げているケーキの箱に目を走らせた。二人は声を出さずに笑顔を交わすと、会釈をした。

「それで、先生にお伝えしないといけないんですけど」母親は隣に座る子供の顔を覗き込んで言った。「ね、先生に言わなきゃいけないことがあるんだよね？」

子供はフォークをくわえながら首をかしげ、ぼりぼりと頬をかいた。そしてそのまま押し黙った。

「もー、自分から言うって、昨日約束したでしょ」

母親は笑いながら言った。

「先生、大変申し訳ないんですけど、先週お聞きした、来年の発表会、今回は、欠席させていただきたくて」

「えっ、そうなんですか」

琴音は目を丸くした。

「すみません……」母親は頭を下げ、ショートケーキにフォークをあてた。

「えー、そうなんですね……」琴音は鎖骨にかかる髪を二本の指で挟み、背中へはらった。

「てっきり、参加されるんだと思ってました」

「私もそう思っていたんですけど」母親はフォークを口に運び、「ゆあなが急に、出たくないって言い出しちゃって」

皿に残るクリームをフォークでかき集める子供を、母親は憐れむような目で見た。

「ゆあなちゃん、発表会、いやになっちゃったの？」

琴音がテーブルに身を乗り出して言うと、子供は上目に琴音を見て頷《うなず》いた。

「そうなんだ。どうして、嫌になっちゃったの？」

子供はフォークを口に入れたまま、うつろな目を宙に向けた。

「この間の発表会で、ゆあなよりずっと小さい子が上手に弾いてるのを見て、恥ずかしくなっちゃったみたいで」

母親が言った。

「ゆあなちゃん、そうなの？」

子供がフォークを口から離すと、その先端からよだれが糸のように伸びた。

「気にすることないのに」琴音は子供に笑いかけて言った。「発表会は三月だし、まだまだいっぱい時間あるよ。ゆあなちゃんの弾きたいなって曲をいまから練習していけば、全然間に合うよ。他の子のことなんか、気にしないでいいのに。ゆあなちゃんの弾きたい曲を弾いたら、それでいいんだよ」

「弾きたい曲、ないんだもん」

子供はふてくされたように言った。母親は短く笑った。

「そっかあ。弾きたい曲、ないのかあ」

琴音は明るく言い、母親と笑い合った。

「自分が練習しないのがいけないのにねえ。下手でもいいから、逃げないで、出て欲しいんですけどねえ」

「はい」琴音は力強く頷いた。「私も、出てほしいです」

「でもねえ、そうやって無理強いして、嫌な思い出を作ってしまうのも、違うのかなって……」母親は微笑みながら子供を見た。「それにこの人ガンコさんだから、一回言い出すと、何言っても聞かないんです。それで今回は……、すみません」

母親はケーキに向かって頭を下げてから、切り分けたそれを口の中にしまった。

「わかりました。じゃあ運営の方には私から伝えときますね」琴音は紅茶へ口をつけてから子供の方へ体を向けた。「でもゆあなちゃん、次は絶対に出ようね。いまから練習すれば、まだ一年以上あるから。一緒に弾きたい曲探して、次はそれを発表会で弾けるようにしよう?」

子供はフォークを皿の上に置くと、悠然とした足取りでリビングを出て行った。少しして戻ってくると、母親へ寄りかかって身をくねらせ、手に持ったノートを開いたり閉じたりした。

「なあに、聞こえない」母親は子供の口元に耳を近づけて言った。「見せてもいいかって? もー、そんなの自分で聞いてよ。すみません先生、ゆあなが、どうしても先生に見てもらいたいらしくって」

「私に? なんだろう、見せてー」

琴音が両手を広げると、

「ゆあなが描いたマンガなんですけど」母親は言った。「今回、自信作らしくて」

「さすが」

小林が言うと、琴音はスマホをスピーカーにしてテーブルに置いた。

「まじかと思ったよね。ふつう、ここでマンガ見せる？　って」

「面白かった？」

「なわけないじゃん。子供のラクガキだよ。字が汚くて、セリフも読めなかった。おっ」

「どうした」

「や、いまネイル塗ってて、これ発色いいわ。安かった割に」

「好きだね。どうせすぐ落とすのに」

「そうなんだけど」琴音はテーブルに置いた右手の小指に顔を近づけた。「あーほんと、ピアニストより、ネイリストになりたかった」

「ピアニストでもないじゃん」

「ん？」

「ごめんごめん」

「てか、それはお互い様だよね」

「まあね、うちら無能コンビだから」

「は？」

「手塚に言われたじゃん、高校の、文化祭のとき」

「あー、手塚。よく覚えてんね」

「わすれらんないよ。一生覚えてるから」

「文化祭かあ、なつかしいね」

琴音は言った。

「うちらほど何もやらなかった子もいないって言われた、手塚に」

「えー、あたし手塚のこと、何にも覚えてない」

「うそでしょ」

「文化祭といえば、クラスでクレープやったじゃん。かっちゃんにクレープいっぱい作ってもらって食べたのは覚えてる」

琴音は右手をパタパタと動かした。

「かっちゃんね」

「あの日で、クレープ一生分食べたもん」

「元気かな、かっちゃん」

「ねー。まったく連絡とってない」

「まだ作曲、してんのかな」

「ああ、ね。なんだっけ。異名みたいな、あったよね……」

「いみょ？」

小林は聞き返した。

「あだ名みたいなの、あったじゃん」

「藪高のモーツァルト」

「そうだっけ。ショパンじゃなかったっけ」

「どっちだっけ」

「わかんない」

「いや思い出した、かっちゃん、自分ではグリーグがいいって言ってた」

「なんでグリーグ」

「恥ずかしいからグリーグにしてって言われた」

「えー」

「言われた、思い出した」

「ちょっと変わってたよね、かっちゃん」

「ちょっとじゃないよ、超変わってたよ」

「まあね」

「あと、ハローカティ」

「あー、はいはい。え？　カトーキティじゃなかったっけ」

「どっちでもいいんだよ。どっちもあったから」

「そうなんだ」

「好きだったよねえ、キティちゃん。いまでも集めてんのかな」

「もう三十過ぎだよ」

「いや、関係ないっしょ」小林は言った。「三歳の時からキティ一筋だって言ってたし」

「いつ？」

「高一のとき」

「よく覚えてんね」

「入学したとき、あの子、クラスの子みんなに、サンリオキャラの中で何が一番好きー？　って聞いて回ってたんだよ」

「そうなんだ」

「うちがマイメロディって言ったら、なんでみんなマイメロディなのー？　もー、やだー、キティちゃんでしょー、つって。……でもさあ、一年とき、クリスマス会あったじゃん」

「うん」

「あんとき赤鼻のトナカイをワルツにしてきたの、あれはすごかったね。大高《おおだか》先生も感心してたし。大学行ったら作曲勉強したいって言ってたもんね」

「えー、でもかっちゃんて、大学行ったっけ。行かなかったよね」

琴音は言った。それから顔をうつむけて左手に取りかかった。

「だから、親が破産しちゃったから」

「えー、そうだったんだ」

琴音は手をとめ、顔をあげてスマホを見た。

「知らなかったの？　リーマンショックで会社、潰れちゃったんだよ」

小林は言い、ごそごそと硬いものが擦《こす》れ合うような音がした。

「そうなんだ。それで行かなかったんだ」

「うちのクラスで就職したのって、あの子だけだよ」

「そうなんだ」

「なんか工場の、なんの工場か忘れたけど、なんか作ってる工場の事務やってるって言ってたよ。カメの結婚式のとき」

「えー」

「まじで知らなかったの」

「うん」

「へえ……」

「じゃあ大変だったんだ、かっちゃん」

琴音はせりふを棒読みするように言った。

「そうだよ。うちらが大学で遊んでた頃、あの子は働いてたんだよ」

「そうなんだ」

「いまは知らないけど」

「えー」

「そうですよ」

「うん……」琴音は塗り終えた親指を見下ろした。「じゃあまあ、そういうことなんで、市田ゆあなは、今回は出ませんから」

「オッケ。でもさ、そういう、ゆるい子の方がいいよね。めっちゃ気合い入って、コンクールがどうのこうの言ってくるのより」

「それはそうだけど、でもさあ、なんか過保護っていうか、あまいっていうか……。メトロノームの話、したっけ？」

琴音は人差し指を塗り始めた。

「してない」

小林は言った。

「ピアノの上にさ、普通、メトロノームって置くじゃん。ていうか、あたし一回、言ったんだよ。メトロノーム買ってくださいって。したら買ってくれたはいいんだけど、それずっと食器棚に入ってて、皿とかグラスみたいに仕舞われてんの。で、ピアノの上には家族の写真がずらーってあって」

「ふうん」

「おかしくない？」

「別に、めずらしくないじゃん」

「なんでよ。あたしなんか小さい時、メトロノーム以外の物置いたら、めっちゃ怒られたんだけど」

「お母さんに？」

「一回、ぬいぐるみ置いてたら、ぶん投げられて。ピアノが汚れるでしょって。ふざけるならピアノに触るなって怒鳴られたもん」

「こわ」

「めっちゃ怖かった」

「お母さん、そんなに怖かったの」

「中学くらいまではね。あたしに自分の夢かけてた人だから。でも全然才能ないってわかってから、言ってこなくなったけど」

「あー、わかる」

「だからあの家でゆあながグズグズやってんのみると、子供の頃思い出して、嫌なんだよね」

中指を塗りながら、琴音はわずかに顔をしかめた。

「でも終わったら、ケーキ食べれるんでしょ？」

「うん」

「じゃあ、いいじゃん」

「たしかに」

琴音は言った。

「そういや、お母さん元気？」

「うん一応。会えば、どこが痛いとかしんどいとか言ってくるけど」

「病気？」

「老化だと思う」

「大事にしてあげないと」

「うん」

「ひとり娘なんだから」

「えー……」

「話戻るけど、その子、そんなにやる気ないなら、そろそろやめるって言い出しそう」

「やめて、言わないで」

「時間の問題だな」

「やめてよ、自分でもちょっと思ってんだから」

「くっ。でもさあ、ほんとにやめるかもしれないしさ、いまのうち稼いどいた方がいいよ。じゃっ、バイトする？」

「なに急に」

琴音は薬指を塗りながら言った。

「一日だけなんだけど」

「なんの？」

「よし子の伴奏」

琴音は顔をあげ、スマホを見た。

「よし子？　よし子って、あの、ヤキソバ頭の？」

「そーそー。さっき連絡あって頼まれたんだけど、うち、その日ダメだからさ」

「いつ？」

「二十四」

「来月の？」

「今月」

「今月って……、イブじゃん」

「やっぱ無理？　用事あるんだっけ」

「それは二十五だから、いいんだけど……」琴音はブラシをボトルに戻し、テーブルの端の手帳を手のひらで引き寄せると、親指と人差し指でつまむようにしてページを開いた。「あっ、まって、友達と会うんだった」

「だれよ」

「中学の。優《ゆう》っていうんだけど、覚えてない？　高校の時、一回、電車で会ったことあるんだけど」

「わかんない」

「その子から、この間の誕生日にＬＩＮＥきてさ、イブに予定ないって話したら、家来なよって言ってくれて」

「ふうん」

「もう結構、会ってないんだけどね。二、三年とかぶり。子供も一人いて、たぶん小学生になってる」

「何歳で産んだん」

「二十五とか。結婚はもっと早かったよ。あたしが大学出た年だから……、二十三か」

「ふうん」

「子供にクリスマスプレゼント、持ってったほうがいいよね？」

琴音は手帳を閉じて言った。

「そうなん」

「そうでしょ。何がいいと思う」

「何歳だっけ」

「六、七歳とか」

「小一？」

「たぶん」

「地球儀」

小林は言った。

「は？」

「地球儀」

「地球儀？　なんで」

「知育グッズだし、見た目の割に安いし」

「そうなんだ」

「親ウケが大事だからね、そういうのは。で、何時から会うの、その日は」

「まだ決めてないけど、五時くらいじゃん」

「五時？　いけるいける。一時から二時半までだから」

「えー、何曲やんの」

「八曲、だったような」

「そんなにあんの、やだ」

「まだ二週間あるし、いけるっしょ」

琴音はボトルのフチでブラシをしごきながら薄く笑い、いけないから、と言った。

「そんなこと言ってないで、ここで顔売っといた方がいいって。よし子、ちょいちょい仕事くれるし。それにいま、息子も歌手やってるから。気に入られたら、親子で仕事くれるよ」

「えー、ちゃんと話したことないんだよね、よし子」

「大丈夫、怖い人じゃないよ。ちょっと頭がアレだけど」

「なにそれ」

「なんか言われても、はーいって流せばオッケーだから」

「えー、場所は？」

「Hのケアホーム」

「どこそこ」

「茨城」

「えー、やだ」

「大丈夫、車で連れてってくれるから」

「だいたいなんで、コバ、行かないの。平日でしょ」

「まあ、結婚記念日だからさ、どっか行こうって話になって」

「なにそれ、新婚かよ」

「すみません、新婚で」

「許さん」

「お願いしますよ」

「えー」

「ピアノ、弾いてくれませんか」

「どうしよっかなあ」

「お願いしますよ」小林は言った。「クリスマスに家に帰れない老人たちのために、弾いてやってくださいよ」

「最低なんだけど」

そう言うと琴音は短く笑った。


「じゃあね、いくよ、見ててね。ゆあなちゃんの弾き方は、こう。……ずどーんってしてて、なんか重たい荷物引きずってるみたい。重いよー、重いよーって、ずるずる引き摺ってるの。

じゃあその荷物、捨てちゃおう。ほら、こんな重い荷物、いらないっ、ポイッ。……わあー、やったー、かるーい、らくちーん、わー、歩くの、楽しいなー。スキップしちゃおー……」琴音は鍵盤から指を離した。「どう。違うの、わかった？」

子供が頷くと、じゃあやってみようか、と琴音は言った。子供は三小節目まで弾くと両手を膝の上に置き、むっつりとうつむいた。琴音は子供の背中に手をそえながら、お腹空いちゃった？　と尋ねた。子供は首を振ったあと、大きなくしゃみをした。鼻水と唾《つば》が鍵盤に飛び散ったが、子供は泰然とした顔で鍵盤の上に両手を置いた。

「ちょっ、ちょっとまって、ティッシュ、ティッシュは？」

琴音はイスから立ち上がると部屋を見回した。そのとき母親がゆっくりとドアをあけ、忍び込むようにして部屋に入ってきた。

「それで、お友達の代わりに、先生が行くことになって」

「そうなんです」

「二十四日って言ったら……、一週間後？」

「そうなんですよー。全然時間なくて、いま家でめっちゃ練習してます」

「すごいねえ、先生、歌手の人の伴奏するんだって」

母親は子供に向かって言った。子供は無表情に頷くと、皿に残った生クリームをフォークでかき集めだした。

「正直言って、うけたくなかったんですけど」琴音は伏し目に笑いながら言った。「その子、あんまり信用できない子なんで」

「お友達が？」

　母親が言うと、そうなんです、と琴音は困りきったように言った。

「友達もフリーでやってて、あたしより人脈もあるから、時々仕事紹介してくれるんです。でもその報酬っていうか、お金が、全部その子経由で、その子からもらうことになってて」

「ええ」

「たぶん、もともとの報酬から自分のぶんを、マージンっていうか、紹介料として、抜いてて」

「あらあ」

「いくら抜かれてるか、わからないんですけどね。むこうも、抜いてるとは言わないし。でも友達に普通、そういうことしなくないですか」

　母親は頷いた。

「その子、昔からお金に汚いところあって。例えば旅行に行って、おみやげ買ってくるじゃないですか。普通それ、タダで配るじゃないですか。その子、友達に売るんです。自分で買った値段よりちょっと上乗せして、おみやげで儲けようとするんです」

「ははあ」

「一回、二人でマニラに行ったことあるんですけど。やたらカゴとか石鹸とか大量に買うなって思って聞いたら、これはだれだれが欲しがりそうで、いくらで売れると思うからいっぱい買っとくんだとか言って。バイヤーかよって思いました」

母親は、あらあら、と笑った。

「だからあんまりその子から仕事受けたくないんですけど。頼まれて、仕方なく」

琴音は紅茶に口をつけ、それからショートケーキにフォークを入れた。

「でも、クリスマスが結婚記念日って、いいなあ」

母親は独り言のように言った。

「そうですか?」

「うちもそうすればよかった。なんでもない日にしちゃったから、私は覚えてるけど、あっちは毎年忘れてるもん。でもイブとかにすれば、忘れないじゃない」

琴音は手で口元を隠しながら、たしかに、と言った。

「そういえば、プロポーズされたのはクリスマスだった」

「そうなんですか」

「そういえばそうだった」母親は歯を見せて笑った。「先生も、今度のクリスマスにされるかもしれませんね」

「えー……」

「プロポーズ」

母親が言うと、琴音は身をよじりながらイスに座り直した。

「会うんでしょう、クリスマスに」

「会いますけど」

「どのくらいなの」

「はいっ？」

「付き合って」

「付き合ってですか？」

「うん」

「二年です、多分」

「二年も付き合ってるんなら、そろそろ」

「えー、どうなんでしょう」

笑いながら琴音が首を傾げると、垂れた髪が皿の上をかすめた。

「いま遠距離っていうのもありますけど、ずっと一緒にいたいほど、この人のこと好きなのか――」

「そんなもんよお、どこだって」母親は嬉しそうに大口を開けた。「うちも結構長く付き合ってからしたけど、結婚してから、えっ、こんな人だったのって思うこと、いっぱいありますよ。これぱっかりは、結婚してみないとわからない、全くわからないんだから」

「そうなんですね」

「けど私、先生の彼氏、いいんじゃないかなあ」

「そうですか？」

「結婚生活をうまくやるコツ、教えてあげましょうか」

「はい」

「あんまり長く一緒にいないこと」

琴音は母親の顔を見つめ、その顔が綻び始めたところで笑った。

「うちは、ほぼ単身赴任みたいなもんだから。帰ってきてイラッとすることあっても、またすぐいなくなるんだと思えば、我慢できるもん。だから先生も、結婚したからって転勤先についてっちゃダメですよ」

「了解です」

「じゃあ来月、どうだったか教えてくださいね」

「えー、なにもないですよ」

再び笑いながら首を振る琴音を、子供は指さして言った。

「髪の毛、ついてるよ。生クリーム、ついてる」

「あっ、いま、電話大丈夫？　うん、元気してた？　……体調は？　ちゃんと薬飲んでる？　うん、そうなんだ。病院は行ったの。うん、うん……、先生の言うこときいてたら、大丈夫だよ。あんまり色々考えすぎるのも、よくないから。うん。

お餅？　きたきた、ありがと、早速食べてるよ。うん……、それで、ちょっと話があって。

この間、大家から書類が来てて、なんかね、家賃がちょっと上がるみたい。三千円だって。来月から。うん。だから来月からの引き落とし、三千円増えるので、すいませんけど、よろしくお願いします。理由？　うーんとね……、物価、公共料金の上昇により、とか書いてあるよ。うん、これはもう、しょうがないんじゃないかなあ……。

え、引っ越し？　引っ越しって、なに急に、引っ越すお金なんかないよ。それにほか探したって、ピアノ置くこと考えたら、やっぱりここしかないよ。ここより安いところなんてないよ。うん、探しては、ないけど……。

あっ、そうだ、クリスマスイブもね、仕事もらえて。歌手の伴奏なんだけど、うまくいけばそのコネで仕事増えるかも。うん、なんか評判っていうか、あたしのことをどっかから聞いたらしくて、やってくれないかって言われて。……まあね、大変だけど、でも……、大丈夫だよ。

ねえそれ、もう何回も言ったじゃん。もうあそこには戻れないし、戻りたくもないの。うん、わかってるよ、あそこでずっとやってればこんな、家賃も払ってもらわないですんだもんね。それは申し訳ないと思ってます。こんな年になっても、お母さんに迷惑かけてばっかりで。でもちょっとずつ仕事も増えてるし、あたしも色々考えてるから、もうちょっと待ってよ。うん。来年にはなんか良い報告できたらなって思ってるから。うん、え？　いや、いまはまだわかんないけど、色々と変わるかもしれないし……。

じゃあちょっと家賃の件、すいませんけど、お願いします。うん、うん……」

インターホンを鳴らすと、ピンク色の半袖シャツをきた息子がドアを開け、琴音へ笑いかけた。

「おはようございます。田口琴音と申します」

琴音が深々と頭を下げると、息子はドアを片手で押さえながら言った。

「いま荷物だしますね。車、そこにあるんです」息子は車寄せの方を指差した。「母もすぐ来ますから。車のところで待っててもらえますか」

琴音はキャリーケースを転がしていき、真赤な軽自動車のそばでふりかえった。前庭や白い外壁、赤い三角屋根を見上げながら、超メルヘン、と琴音はつぶやいた。少しして息子がやってきた。大きなダッフルバッグを両肩に下げた彼は車のトランクを開けると、すでにある荷物を左右にのけ、空いたスペースにそれらを押し込んだ。琴音は息子に近づくと、今日はよろしくお願いします、と声をかけ、紙袋とビニール袋を彼に差し出して言った。

「あのこれ、お菓子、よかったら召し上がってください。こっちはコーヒーです。コンビニのですけど」

「ああ、すみません、いただきます」

息子はお辞儀をしてそれらを受け取った。

「もしかしたら今日、雪が降るらしいです。さっき、予報で」

真面目な調子で息子が言うと、

「えー、そうなんですか」

と琴音は驚いたように言った。

「なので、お気をつけて。スタッドレスじゃないので」

「一段と寒いですもんね、今日は」

「ええ」

「あの……、寒くないんですか？」

琴音が手で息子の半袖を指すと、ああ、と息子は両腕をさすった。

「手伝いしてたら暑くなってきて、脱いだんですよ。言われてみれば、寒いな」

琴音が、ふふふっ、と笑うと、家の方から白いロングコートを羽織ったよし子が真赤なキャリーケースをひいてやってきた。

「いま、お菓子とコーヒーをいただいたよ」

息子はビニール袋を持ち上げて言った。

「あらそう、すみませんねえ」

「おはようございます。今日はよろしくお願いします」

琴音が深々と頭を下げると、

「あら、そっちも結構な荷物じゃない。入るかしら」

よし子は琴音のキャリーケースを指差して言った。

「後ろの席に入れればいいよ」

息子はそう言って後部座席のドアを開けた。よし子と琴音のキャリーケースは座席の足元にぴったりと収まった。

「ほら、入った」

息子が言った。琴音は中をのぞきこむようにして、

「私も全然、これをちょっとこっちにずらせば、全然、座れます」

と言った。よし子と息子は顔を見合わせた。琴音が車に乗り込もうとしたところで、よし子が琴音の肩をたたいた。

「ちょっと、ちょっと」

「はいっ?」

「あなたがどうしてここに座るの」

「えっ、先生、ここ座ります?」

「私は、そこよ」

よし子は助手席を指差した。

「ですよね。だから私、こっちに……」

「あなたは、こっち」よし子は運転席を指差して言った。「運転、してくれるんでしょう?」

「免許は、高校でてすぐ取りました。地元、田舎なんで、車がないとどこにも行けないんで、みんなすぐにとるんです」

よし子の家から車を出すと、よし子の話に生返事をするだけで、自分からは一言も喋らなか

った琴音は、高速へと進む車列に合流し、まっすぐ徐行するだけになると、突如として話し始めた。

「でもすぐ大学でこっちにきたんで、全然運転しなくなっちゃって。こっちだと電車もバスもあるし、それが普通じゃないですか。車持ってない家って、結構ありますよね。もちろん実家に帰ったら運転しますけど、一回、細い道でフェンスにぶつかって車擦っちゃったことあって、それ結構トラウマで、いまでも細い道が怖いんです。駐車とかも、狭いところは無理です。私、恥ずかしいんですけど、仮免の試験、二回落ちてるんです。実技で。なんか注意力散漫らしくて。適性テストみたいなので、そういう結果で。教習所のおじちゃんからも、田舎道だったらいいけど都会で運転するのは危ないかもねって言われたことあって。だから私もなるべく自分で運転するのは避けようって。東京の道走るのも初めてだし、他人の車なんて運転したことないし、高速だって、教習所の時に走ったきりだし……、あっ、高速自体はありますよ。でもいつも誰かに運転してもらってたし、自分で運転するのは初めてで――」

「違う、ETCはそっち、そっちに曲がりなさいっ」よし子は鋭い声をあげた。琴音はよし子が指差した方向を見、ぎこちなくハンドルを切ろうとして腕を動かしたが、すぐに戻した。

「無理です。行けないです」

琴音は一般車のレーンへと進んでいった。

「無理じゃないわよ」よし子は声を張り上げた。「ああもう、行けたのに、いま。まったくもう、これじゃあ割引にならないじゃない」

「すいません。後ろに車がいたんで」

「いたからなによ。車線変更もろくにできないの」

「すいません。でもさっきも言いましたけど、高速は初めてで、いつもは——」

「あなたの運転が下手なことはもう十分わかりました」

よし子はピシャリと言った。琴音は一般車の料金所で車を停めると、自分のカバンから財布を出した。係員に五千円札を渡し、釣銭を財布に戻しながらよし子をうかがうと、よし子は黙って琴音の手元を見ていた。琴音は、次は気をつけます、と財布をカバンに押し込むと車を発進させた。琴音の運転が落ち着いてきたところで、

「あなた、名前はなんていったっけね」

とよし子が言った。

「田口です」琴音は言った。「田口琴音です」

「……にいたんだって?」

よし子が琴音のかつての職場を口にすると、琴音は、はい、と答えた。

「辞めちゃったんだってね」

「そうですね」

「いつ」

「今年の……、二月です」

「そう、じゃあまだ辞めてそんなに経ってないの」

よし子は琴音に顔を向けて言った。

「小林さんから聞いたんですか」

「そう。……にいた子だって言うから、だったら安心だわと思ってね」

「理由も聞きました？」

「ええ？」

「辞めた理由も聞きました？」

「理由って……」よし子は琴音から顔を背けると、両手を肘掛けにあてて半身を起こし、シートに深く座り直した。「聞いた気もするけど、ねえ、どうだったかしら……」

「そうなんですね」琴音は一転、明るい調子で言った。「そういえば先生のネイル、素敵です」

「そう？」よし子は片手をかざすように持ち上げた。「昨日、娘に塗ってもらったの」

「赤がお好きなんですか」

「そうね、赤しか塗らないわね。あたしは古い人間ですから、マニキュアと言ったら、赤なのよ」

「でも先生、赤がよくお似合いです」

「あら、みんなそう言うのね」

「そうなんですか」

琴音は、ふふっ、と笑ってから言った。

「先生、私、いっぱい練習してきたんで、今日は頑張ります。それで、もし今日の伴奏気に入ってもらえたら、またいつでも呼んでください」

よし子は膝の上に置いたハンドバッグの中をあさりながら、

「Eのサービスエリアで、休憩にするわね」

と言った。それからバッグから赤いアイマスクを取り出した。

「ちょっと寝るわ。着いたら、起こしてちょうだい」


よし子が太い鼾《いびき》を立て始めたころ、雨が降り始めた。琴音はワイパーの強弱を調節しながら、

「先生、雨が降ってきました」

と声をかけたが、よし子は起きなかった。背もたれから身をうかして背筋を伸ばした琴音は、

「クソババア……」

と小声で言い、ハンドルをきつく握った。雨は徐々に激しくなっていった。琴音はワイパーのモードを最大にし、えっ、ちょ、見えないんだけど、とバックミラーやサイドミラーに目をやった。

「先生、雨が……」

琴音は再びよし子に声をかけた。車体をうつ派手な雨音が、微妙な強弱を持って車内に響いていた。琴音はフロントガラス越しに滲む、前の車のテールライトを見つめながら、大丈夫、あの車についていけばいいんだから、とつぶやいた。その時、前の車がだしぬけにスピードをあげていった。

「えっ、ちょっちょっ」

フロントガラスに顔を近づけたが、テールライトは徐々に遠ざかり、やがて霞の中に滲むようにして消えた。琴音は前のめりにハンドルにしがみついた。

「ちょっとお、やめてよ、置いていかないでよお」

琴音がわずかにアクセルを踏み込んだ時、俄《にわ》かに雨音が鋭く硬質なものに変わった。瞬く間に雨は氷になった。

「怖いってえ……、ねえ……」

琴音はアクセルから足先を浮かせた。

「先生、ヒョウが……、ヒョウが降ってきました」

琴音がよし子を見やると、後ろからクラクションが鳴った。その長くけたたましい音によし子が目をさましたのと、琴音がブレーキを踏みしめたのは同時だった。車はガードレールに向かってそれ、二十メートルほどスリップしたのちに止まった。二人の上体は前のめりになり、それから背もたれに張りついた。

「やだ、なに、どうしたの」

よし子は目をぱちぱちさせながら言った。

「すいません、先生」琴音は言った。「ヒョ、ヒョウが降ってきて、怖くて」

「やだっ、ぶつけたの？」

よし子は甲走った声をだした。

「ぶ、ぶつけてないと、思います、多分……」

琴音はそう言いながらシートベルトを外し、胸の真中あたりを片手で押さえた。そしてドアを開け、外へ出た。車から五メートルほど離れたところで膝に手をかけて前屈みになると、氷の粒が髪やセーターに点々と張り付いた。車を降りたよし子はコートを羽織りながら車の周りをぐるりと回った。それから両手を頭の上で傘のようにしながら琴音へ近づいていった。

「傷はないみたいだけど。ぶつけてないんでしょ？　どうなの？」

琴音はよし子を見上げるように首を回して言った。

「ぺ、ペーパーなんです。ペーパードライバー、あたし……」

「ぶつけたのかって聞いてるの！」

「ぶつけてないと思います」

よし子は大きなため息をついた。

「なによ、そんな格好して」

「吐き気がして……」

琴音は青ざめた顔でよし子の足元を見た。

「あのねえ、こんなのヒョウじゃないわよ。アラレっていうの。ヒョウなんて大げさな……。ちょっと固い雪みたいなもんじゃないのよっ」

よし子は足元に薄く積もったそれを蹴飛ばして言った。琴音は顔を地面へむけ、ぱちぱちと跳ねる氷の粒を見つめた。

「吐くなら、とっとと吐いちゃって。車で吐かれても困るんだから」

そういうとよし子は車へ戻っていった。琴音は唾を足下に吐いて上体を起こし、目をつむった。鼻から息を吸い、口から白い息を吐いた。それを何度か繰り返したあと、車へ戻った。

「ああ、痛い」

琴音が車のドアを開けると、よし子は手鏡に舌をうつして言った。

「急ブレーキするもんだから、舌噛んじゃったみたい」

よし子は低く笑い、それから真顔になって言った。「これから歌うっていうのに、まったく、こんなことって初めてだわ」

「すいません……」

琴音は拳で胸を押さえながらエンジンをかけた。


窓際の席に座った琴音は、窓外の枯れたさるすべりと手元の幕の内弁当とを交互に眺めていた。廊下からよし子の甲高いあいさつの声が響いてくると、琴音は割り箸を置いて姿勢を正した。部屋に入ってきたよし子は部屋の真中のテーブルにつくと、弁当の包みを開けながら言った。

「あなたさっき練習してきたって言ったけど、このあいだリハーサルしたときから何も変わって無いじゃない。同じところ同じように間違えて。注意したところも、なんにも直ってない」

「どこですか」

琴音は立ち上がり、楽譜をめくりながらよし子に近づいていった。

「もういいわ。遅い。言ったってどうせ同じように間違えるんでしょ」

「教えてください。直します、いまから……」

「聞いてばっかいないで、ちょっとは自分で考えなさい！」

よし子が怒鳴ると、琴音は黙った。それから頭を下げて部屋を出た。

会場のピアノで琴音が曲の間奏を弾いていると、小柄な中年男がドアを開けて入ってきた。男がにこやかな顔で頭を下げると、琴音は立ち上がってお辞儀をした。

「あれっ、先生は、楽屋ですか」

男は言った。琴音は、はい、と答えた。

「ああええ、それならいいんです。またリハーサルされるのかなと思ったもんで」

「間奏のところを、練習したくて」

「そうですか。なるほど、なるほど……。やあ、あと開演まで一時間あるんですけどね、皆さん年寄りだから、なんでもすぐ行動したがるもんで。ひとりせっかちな人がいると、鳩と一緒でね、一斉に騒ぎ出しますから。足の悪い人なんかすぐに動けないもんだから、もうここへ連れてこようかなと思ったんですけどね」

「あっ、そういうことですね」琴音は楽譜をまとめて小脇に抱えると、鍵盤蓋を下ろした。

「私、戻ります」

「いいですか？　ごめんなさいね、なんだか追い出しちゃったみたいで」

男はニコニコしながら言った。

舞台が終わり楽屋に戻ってからも、よし子は琴音に話しかけることはなかった。先ほどの男と他の職員たちが挨拶にくると、よし子は舞台上のMCそのままに彼らに感謝の言葉を滔々《とうとう》と述べた。彼らが出ていくとよし子は笑顔を消して帰り支度を始めた。琴音が机の上の、よし子の舞台用のストールに手を伸ばすと、触らないで、置いておいて、とよし子は叱るように言った。よし子は衣装をキャリーケースに詰めながら時折ぶつぶつと独り言を言った。そのたびに琴音は不安げによし子を振りむいた。

楽屋を出た二人がキャリーケースを引きながらロビーを横切っていると、少し離れたところから声がした。

「せんせえ」

二人が足を止めると、入口近くのソファに座る女が腕を前に突き出し、せんせえ、と言った。

「あらあらっ、木戸さんじゃない」

よし子は声をあげると、女に近寄っていった。

「お久しぶり。今日も一番前で聴いてくれたでしょう、どうもありがとう。お元気でした？」

女はこわばった顔で、

「うん！」

とロビーに響き渡る声を発した。

「前のほおがさ、よく聞こえるから」

「ええ、そうね」

「ああたし、耳が遠いからさ」

「あら、そうなの？」

「せんせえの、聞くのが、楽しみなんだから」

「まあ、そんなこと言ってくれるの。うれしいわ」

「せんせえは、ああああかかったね」

よし子は腰を折り、なあに、と聞き返した。

「ああかい、ふく、着てたでしょ」

「ほほっ、赤ね、赤いドレス。そうね、木戸さんと一緒だったわね」

よし子は女の着ている真紅のコートの肩先に触れて言った。

「こんなのねえ、もうねえ、何十年も前んだから」

女は口端をヒクヒクさせながら言い、

「ほら、ほんなだよ」

とハンドバッグから手帳のようなものを取り出すと、そこにはさんだ一枚の写真をよし子に見せた。

「あらあらっ、なあに、きれいじゃないの」

写真を受け取りながらよし子は言った。

「二十五年も、前のだよ」

「どこで撮ったの？　お花見してるのかしら」

「ああああたみで、撮った」

「熱海で撮ったの」

「ほんな時も、あったんだよ」

「この写真は、いつも持ちあるいてるの？」

「ほんな時だって、あああったんだよ。いまは、ほんなになったけど、さあ」

「やだ、木戸さん」

「あああったんだよ」

「いまだって十分、お若いわよ」

よし子は女の肩を軽くたたいた。

「わああ、若くない、よお」

「写真返しますね。どうもありがとう」よし子は写真を女の方に差し出し、念を押すように言った。「見れてよかった。ありがとう」

「わあああかいっていうのは、ほおいうのをいうんだよ」

女が顎先で琴音を指すと、よし子は琴音を横見した。琴音は驚いた顔をしてから女へ笑いかけた。女は琴音の顔をじっと見つめ返した。

「ええ、若いわよ。まだ嫁入りまえですからね、ホホッ。いま駆け出しの子なの。今日も色々ヘマしちゃったけど、大目に見てやってくださいね」

そう言いながらよし子は琴音へ笑いかけ、琴音はよし子と女へ交互に笑いかけ、女は放心したようにロビー入口のクリスマスツリーを見つめ出した。

「木戸さん、写真、返しますね」

よし子は女の耳元に向かって言い、その手の甲に写真を置いた。

「今年も、木戸さんにお会いできてよかったわ」

女はよし子を見上げると、うう、と唸《うな》った。

「お元気でね、お話しできてよかった。木戸さんに会うと元気をもらえるって、職員の方もみんなそうおっしゃってるわよ」

女は目を見開いたまま、ほおっ、と言った。

「そうよ。木戸さんはここのアイドルだって、みなさんそうおっしゃってますよ」そう言ってよし子はホホッと笑った。「それじゃあ、私もう、失礼しますね。今日はありがとう、また会いましょうね、良いクリスマスを」

よし子は口早に言うと女へ手を振りながら出口へと歩いていった。外へ出ると、吹きつける寒風に二人は身を縮こませた。よし子は顔面の半分を髪で覆われたまま、琴音を振り返って言った。

「今日は早く逃げきれたわ」

琴音は、そうなんですね、と笑顔で言った。ゴトゴトとキャリーケースの転がる音が回廊に響き、二人の声は自然と大きくなっていった。

「今日は頭もやけにはっきりしてたわね。いつもはもっと朦朧《もうろう》としてるのに」

「そうなんですか」

「きっと、どこか頭がおかしいのよね」

二人は建物の端まで続く回廊を歩いていき、

「あれでご主人も子供もいるって言うんだから、驚くわよ。若い時はまと、も、だったのかしら」

とよし子は言った。琴音は、ふふふ、と笑った。

「あの人、何歳くらいだと思う」よし子は琴音の返事を待たずに言った。「あたしと二つしか違わないのよ。びっくりじゃない」

「えー、そうなんですか」

「あんなふうになったら、たまんないわ」

「そうですね」

「ボケないためにも、日々こうして働いていないとね」

琴音は笑顔で頷きながら、一瞬、建物の窓に映る自分の黒い影を見た。よし子は立ち止まり、コートのポケットからスマホをとりだして耳にあてた。

「もしもし、あ、はいはい。今どこにいるの。え？ あたしはもう出ちゃって、駐車場に向かってるの」よし子はあたりを見回しながら言った。「ええ？ 違う、まだ駐車場にはいないの……」

琴音はよし子の肩を叩き、中庭の方からこちらへやってくる息子を手で指し示した。

「先生、あの人、息子さんじゃないですか」

「あっ、いたいた」

よし子は息子へ手を振りかえしてスマホを切った。

「どこにいたの」

「そこのベンチ」

「ロビーにいればいいのに。寒いじゃない」

「そんなに寒くない」

息子は琴音と目を合わせると、会釈をした。

「すみません、重いでしょう」

「大丈夫です」

「こんなに持ってもらっちゃ、肩が抜けちゃいますよ」

息子は琴音の両肩に下がったよし子の衣装バッグを引き取った。それから琴音のキャリーケースもうけとろうとしたが、

「大丈夫です、大丈夫です」

と琴音は笑顔で首を振った。

「それじゃ、たっくんはこれを持ってちょうだい」よし子は自分が転がしていたキャリーケースを息子に預け、「車は、あっち」

と言った。よし子が示した方へ歩いていく途中、よし子は琴音に顔を向けて言った。

「あなたの運転が心配だから、呼んだの」

「すいません」

琴音は頭を下げた。

「家にいたから、よかったよ」息子はのんびりした口調で言った。「運転、苦手なんですか」

「そうなんです。すいません」

「こちらこそ、無理させてしまったみたいで、申し訳ない」

「たっくんがいてくれて、助かったわあ」

よし子が言った。

職員専用の駐車場によし子の車は停めてあった。息子は車のトランクを開け、出発の時のようによし子の荷物をつめていった。

「それで、あなた、どうする?」

よし子は琴音の目を見据えると言った。琴音は、えっ、と言った。

「そこの入口のロータリーで、送迎バスが出てるの。たしかK駅まで行くんじゃなかったかしら」

「えっ、あ、はい」

「乗せてあげればいいじゃない」息子は言った。「乗れるよ。ちょっと整理すれば」

「後ろに? ムリムリ、ムーリよお。この子、だって、こんな荷物あるのに」

よし子は琴音のキャリーケースを指差した。

「少し窮屈かもしれないけど、いいですか」

息子が琴音に笑いかけると、

「私、バスで帰ります」

と琴音は早口に言った。

「たしかK駅まで行くと思うのよ。ちょっと聞いてみて？」

よし子は優しい声を発した。

「わかりました。先生、今日は色々と、すいません。ご迷惑おかけしました」

「いいのよ。そんなときも、あるからね」

「すいませんでした。ありがとうございました」

「はあい、ご苦労様。よいクリスマスを」

よし子は笑顔で手を振った。琴音は後退りながら頭を下げ、よし子が車に乗り込むと同時に踵《きびす》を返した。

ロータリーには送迎バスが一台停まっていた。十人ほどが乗れるワゴン車だった。開け放されたスライドドアの中を覗くと、車内には老齢の男女が数人、静かに座っている。琴音は乗り口から運転席へ声をかけた。

「乗せてもらえますか」

運転手は振り向き、保護者のかた？　と言った。

「いえ、さっきここでクリスマスショーの演奏してたものなんですけど、乗せてもらえると——」

「はーい、どうぞー」

運転手は歌うように言った。

「K駅まで、行きます?」

「行きますよー」

「キャリーケースもあるんですけど、いいですか」

「うーんと、小さいもんね、どうぞー」

「すいませーん」

琴音は車に乗りこみ、運転手の後ろのシートに腰を下ろした。それからバッグからスマホをとりだすと、待受を見た。

「三時……」

琴音はつぶやくと中腰で運転席のヘッドレストを摑み、運転手の頭に顔を近づけて聞いた。

「すいません、駅にはどれくらいで着きますか」

「ここからだとー、だいたい三十分くらいかなあ。……あれっ、乗るの?」

運転手が声を投げた方向へ振り返ると、先ほどの赤いコートの女が手押し車につかまりながらバスを睨んでいた。

「乗るの?」

運転手は大声で繰り返した。女は体を揺らし、もごもごと何かを口走った。

「乗らないと思うけどなあ。お迎え来るんじゃないの。うっし、待ってな。いま聞いてくっから」

運転手は車を降り、建物の方へかけていった。琴音は首を伸ばして運転手を見やり、それから女を見た。女は手押し車に体をもたせかけて琴音のことを見ていた。琴音は女に微笑みかけたが、女は瞬きもせずに琴音を見つめていた。琴音はシートに体を沈めると、女の視線から隠れるように反対側の窓ガラスに顔を寄せた。少しして運転手が二人の職員を連れて戻ってきた。職員は左右から取り押さえるように女へと近づいていき、

「木戸さん、バスは、乗らない」

と一人が大声で言った。

「帰るよ」

女は言った。

「そう、帰るんだけどね、息子さんの車で帰るの」

「いま、待ってたんでしょ。息子さん来るの。もうすぐ来るから」

「あっちで待ってよう、ね？」

「帰るよお」

「うんそう、帰るんだけどね。これでは帰らない。これは違うところ行っちゃうからね」

「ほら、寒いさむーい。風邪ひいちゃうよ？」

「木戸さん、ここまでよく歩いてこれたねえ。今日はどうしたの」

「帰るよお」

彼らがバスから十分に離れると、運転手はドアを閉めた。バスのエンジンがかかると、後ろで誰かが何かを言い、誰かがくすくすと笑った。琴音はロータリーの向かいの落葉した木立を見やり、それが窓の後ろへ消えるまで目を離さなかった。


K駅には三時半に着いた。琴音は電車のホームに立ち、ダウンコートのポケットからスマホをとりだした。優から、

〝駅まで迎えに行くから、着きそうになったら連絡してね〟

とLINEがきていた。琴音は、

〝了解でーす！〟

と送ったあと、お辞儀をする猫のスタンプを選んだが、すぐにとり消した。LINEを閉じて乗り換え案内の画面に切り替えると、また画面が替わり、着信音とともに「小林由香」と表示された。琴音はスマホを消音モードにしてポケットにしまった。ショルダーバッグを肩に掛け直し、あたりを見回すと、腕を組み、白い息を吐きながら首をすくめた。琴音はホームの電光掲示板を見上げ、それから自分の足元を見下ろした。

「さっむ……」

琴音がつぶやくと同時に電車がホームに入ってきた。出入口の扉に肩をもたせると、琴音は

窓外を眺めた。ポケットから取り出したスマホを見ると、小林から着信が二回あった。琴音はその履歴を消したあと、「3」と通知バッジのついたＬＩＮＥを開いた。

〝いまよし子から電話かかってきた〟

〝めっちゃ怒ってたけどなんかあった？〟

〝電話して
いつでもいいから〟

琴音はスマホから目をあげると、再び窓外を眺めた。電車が駅のホームに入っていくところで、

〝いま電車だから電話できない〟

と小林に送り、そのあとで、

〝いまＯ駅だから、あと四十分後くらいに着きまーす！〟

と優に送った。

〝なにがあったん？〟

と小林から返信が来たのを見ると、琴音はスマホを握った手をポケットに突っ込み、険しい顔で窓外を眺めた。

駅に着くと、琴音はＬＩＮＥを開いた。通知バッジは優が「1」、小林が「3」だった。琴

音は優のメッセージを開いた。

〝子供を迎えに行ってから駅に行くね。ごめんね〟

〝了解！　駅ビルにいまーす〟

琴音はスマホの消音モードを解除してからポケットにしまった。

駅ビルの中のパン屋でサンドウィッチを買ったあと、輸入食品店でチーズの詰め合わせと赤ワインをかごに入れて琴音はレジに並んだ。スマホの待受を見ると、

〝今から向かうね
十分くらいで着くよ〟

と優からＬＩＮＥがきていた。琴音は会計を済ませると駅ビルを出て、ロータリーへ向かった。優からの着信に気づくと、琴音は荷物を持ちかえてスマホを耳にあてた。

「もしもーし」

「あっ、もしもし。ごめんね、遅くなって。どこにいる感じ？」

「いま、ロータリーにいる」

琴音はそう言ったあと、ロータリーのカーブの部分に停車した青い軽自動車と、その前で子供と手を繋いで立っている優の姿をみとめた。

「ほんと？　車の前にいるんだけど、わかるかな」

ロータリーに沿って近づいていくと、運転席から降りた夫が、琴音に会釈をした。

「ゆーうー、久しぶり！」

琴音は優の前に立つと、はしゃいだ声で言った。優は笑顔で琴音の名前を呼んだ。琴音はキャリーケースの持ち手を離した手で優の腕にふれ、

「元気だった？」

と言った。優は笑いながら目を閉じるように細め、うんうん、と頷いた。

「おっきくなったねー」

琴音が子供に顔を向けて言うと、優は子供の腕を引き上げるようにして、

「太子《たいし》、ママの友達に、あいさつして」

と言った。子供は恥ずかしげに微笑み、

「赤井太子です」

「何歳になったんですか」

優が言うと、

「七歳です」

「もう七歳なんだ」琴音は屈み込み、子供と目を合わせた。「もっと小さかった時、会ったことあるんだけど、覚えてないかな」

子供は優を見上げてから、おずおずと琴音に言った。

「おぼえてないです」

「だよね、そうだよね」

「小学生になったんだもんね？」

優が子供に言うと、

「一年生に、なりました」

子供は直立不動のまま言った。

「太子、敬語で話そうと頑張ってるんだね」

優はおかしげに笑い、えらいえらい、と言った。

「それ、後ろに入れますよ」

夫が車のトランクを開けながら琴音のキャリーケースを指さすと、琴音は礼を言い、キャリーケースを彼に渡した。

「ごめんね、ほんとはすぐに迎えに行きたかったんだけど」車の中で優は言った。「この子のクリスマス会が終わる頃だったから、ついでにひろっていっちゃおうと思って」

「クリスマス会？」

琴音が聞くと、助手席に座った子供は身を捩《よじ》って振り返り、琴音と優を交互に見た。

「近所に教会があるんだけど、そこに近所の子たちが集まってミサやったり、歌ったりするの」

「そうなんだ」

子供は前を向き、琴音たちに聞こえないくらいの声で歌いはじめた。

「優の家にお邪魔するの、すごい久しぶり」

琴音は言った。

「うんうん、何年ぶり？」

「太子くんが赤ちゃんの時に会いに行ったのは、おぼえてる」

「そうだよね、来てくれたよね」

「それが最後かな」

「うんうん、そうかも」

「最後に会ったの、いつだっけ」

「上野動物園行ったのじゃない？　太子と三人で」

「あっ、そうだ。あれ太子くん何歳だったんだろ、ちっちゃかったけど、歩いてて」

「あれはね、幼稚園入る前だから、まだ三歳になってない時だよ」

「冬だっけ」

「そうそう。ていうことは、会うの、五年ぶりとかじゃない」

「えー、はやー。あっという間」

琴音は言い、二人は笑いあった。そのとき着信音が鳴った。優は耳をすませるように顔を傾け、琴音はスマホをとりだして画面を見た。小林からだった。琴音はそれを消音モードにすると膝の上においた。

「いまの、電話じゃないの」

優が聞くと、琴音は、うん、と言った。

「いいの？　出なくて」

「うん」

「気にしないで、出て出て」

優は手のひらを琴音に向け、ひらひらとさせた。

「えー、うん」

「あっ、彼氏さん？」

「違うけど、いいや。ちょっと、色々あったんだよね」

琴音はそう言うと、前の座席のほうに顔を向けた。

「仕事で？」

うん、と琴音は頷いた。子供はささやくような声で歌い続けていた。

「なにか、あったの」

琴音は優を横目に見てから、明るい声で、

「話すと長いんだよね。お家に着いてから聞いてもらおうかな」

と眉間を険しくしながら言った。優は、うんうん、と笑顔で頷いた。暑くなっちゃった、と琴音はダウンコートのジッパーをおろした。車が橋を渡っていくところで琴音は灰色の川に目をやり、それから上目に曇り空を見た。

「あの川の向こうに、教会があるの」

優はガレージから川のほうを指さして言った。

「見える？」

優の隣に立った琴音は首をつきだしてあたりを見回した。

「えー、わかんない……。結構大きいの」

「どうだろう。ここからじゃわかんないのかも。団地があるのは、わかる？」

「あー、あれかな、わかった」

「その団地の、そばにあるの」

「そうなんだ」

「あそこに住んでる子供たちね、よく教会に集まるの」

「そうなんだ」

「親も安心でしょ。教会行ってたら、悪いことしないし」

「そうだね」

「結構クリスチャン多いんだよ、あの団地」

「そうなんだ」琴音は優の横顔を見た。「優も行くの」

優は家の方へ歩き出しながら、たまにね、と言った。

「でも別にクリスチャンじゃないよ。神父さんがいい人だから、ちょっと話聞いてもらうだけ」

「そうなんだ」

「そういう人も、多いんだよ」

トランクからキャリーケースを取り出した夫は、それを玄関の方へ転がして行った。

「あっ、すいませーん」

琴音は夫へ声をかけた。

「玄関に置いちゃっていいすか」

「はい、全然。すいません」

子供は、ただいまー、と言いながら家の中へ入っていった。

「昨日、ひろくんと掃除したから、大丈夫だとは思うんだけど」優は玄関で靴を脱ぎながら言った。「汚かったら、ごめんね」

「家の中が？」

「そう」

「えー、きれいだよ」

「ホコリとか溜まってるかも、ごめんね、わかんないから」

「このスリッパ、履いていいやつ？」

琴音は玄関マットの上に揃えて置いてあるスリッパを指差した。

「あっ、うんうん。……いま何時だろうね」

琴音はポケットからスマホを取り出し、

「うーんと、六時ちょっと前」

「六時かあ。お腹空いてる？」

「えー、そんなにかな……」

リビングの丸テーブルには肉や野菜の盛られた大皿が三つ、ラップに包んで置いてあった。人数分のランチョンマットの上に取り皿とスープ皿、箸、フォーク、スプーンが配置されている。

「いつでも食べれるんだけど、どうしよっかあ」

優は両手をあわせて言った。

「えー、すご。いいのに、こんな」

「なんでなんで。簡単なものしか作ってないよ」

優は大きな笑みを琴音に向け、子供は自分のイスによじ登るようにして座った。テーブルに手をついて子供が身を乗り出すと、テレビ前のソファから立ち上がった夫は琴音たちに体を向け、照れ笑いのようなものをうかべた。琴音はイスの背もたれにショルダーバッグをかけた。

「これ、ワインとチーズ」琴音は手提げ袋を優の前で持ち上げてみせた。「さっき適当に買ったやつだから、おいしいかわかんないけど」

「ごめんねえ、気使わしちゃって」

優は袋を受け取ると、中身をキッチンに広げた。

「これが、全部チーズなの？」

「うん」

「ワインは……、赤かな」

「うん、赤」

優は食器棚からワイングラスを二つ取り出した。

「ウチもワインはあるんだけど、せっかくだし、これから頂いちゃうね」

「あたしやろうか、開けるの」

「ううん、大丈夫だよ。ひろくんにやってもらう、ひろくーん、あけてー」

夫がワインオープナーを求めてキッチンの引き出しをあさっている間に、琴音はチーズの詰め合わせのパックを開けて優に渡した。

「あっ、そうだ」

そう言うと琴音は玄関へ向かい、キャリーケースを横倒しにして中から包装された箱を取り出した。キャリーケースには他に、布袋に入ったステージ衣装と楽譜、下着とセーター、化粧品の入ったポーチ、クリスマスプレゼントが入っていた。琴音は空いたスペースにそれらをならして入れ直すと、箱を小脇に抱えてリビングに戻ってきた。

「これ、太子くんに」

琴音は夫婦に箱を見せてから子供へそれを差し出した。

「はいっ、太子くん、メリークリスマス」

子供は箱を受け取ると、不安と喜びの入り混じった顔で優を見た。

「わあ、ごめんねえ、ありがとう」優は言った。「太子、よかったね。ほら、お姉さんになんて言うの」

子供はそわそわした手つきで箱を撫でながら、ありがとうございます、と言った。

「どういたしまして」

琴音は子供に笑いかけ、

「大したものじゃないんだけど」

と優に言った。

「ううん、わざわざごめんね。どうもありがとう」

「あけていいですか」

子供が言った。

「どうぞー」

鷹揚《おうよう》に琴音は言い、三人は席について子供が箱の包装を剝がすのを見守った。包装紙を剝がしきった子供は、おっ、これはっ、と声をあげ、中から地球儀を取り出すと、テーブルの上に置いた。それから駆け足で部屋を出て行った。優は地球儀にふれると、

「地球儀?」

と聞いた。うん、と返事をした琴音は、きょときょとした目で優と夫の顔を見た。階段を駆け降りる音がし、子供が部屋に戻ってくると、彼は抱えていた地球儀をテーブルの上、琴音が贈った地球儀の横に並べた。

「あれっ、同じかと思ったら、大きさがちがう。こっちのほうが、大きいよ!」

子供は大きいほう——琴音が贈ったものではないほうの地球儀の——球体を手で回しながら言った。

「ちょうど最近、買ったばっかりで」優が言った。「この子、テレビで外国が出てくると、どこにあるのって聞いてくるようになったから、教えるために買ったの」

「あ、そうなんだ」

琴音はなんでもないような顔で言った。

「大きさはちがうけど、書いてあるのは、同じだよ」子供は二つの地球儀に顔を近づけた。

「ここが日本でしょ、ここがオーストラリアでしょ、ここが中国でしょ……」

「そりゃそうだろ」

夫が笑いながら言った。

「ものも全く同じみたい。あたしがあげたほうが小さいけど」

琴音は自嘲するように口端を曲げた。

「ううん。あたしがちょっとでも見やすいようにって、わざと大きいの買ったの。太子が使うだけだったら、もっと小さいので良かったの」

子供は二つの地球儀を両手で回しはじめた。

「じゃあ太子、お姉さんからもらったのを自分の部屋に置いて、こっちはリビングに置こうよ。そうしたら勉強する時もテレビ見るときも、近くにあっていいもんね?」

子供は、うん、と頷いた。

文藝春秋の新刊

1

2024

「福猫」©大

「もっと違うの買ってくれれば良かったね」

「いやいやいや」

　夫が首を振った。

「そんなことないよ。こっちにも置けて、太子の部屋にも置けるからちょうど良かった。ありがとう」

　優が言った。琴音は弱々しく微笑み、子供に向かって、使ってね、と言うと、子供はそれには答えず、二つの地球儀を叩くようにして回転を速めた。

「こら、遊ぶなっつの」

　夫は二つの地球儀を子供から取り上げると、それらをソファの前のテーブルに置いた。それから席に戻った。一同は沈黙した。

「食べようか」

　夫が言った。

「食べよ、たべよ」

　優はイスから立ち上がり、キッチンへ行ってガスコンロの火をつけた。夫はテーブルに身を乗り出して琴音のグラスにワインを注いだ。

「これ、ワインも、ありがとうございます」

「いえいえ、安物ですから」

　琴音は頭を下げて言った。

「今日は、お仕事だったんですよね」

「そうです」

夫は両手でピアノを弾く真似をした。

「ふふっ、はい」

「すごいっすねえ。ピアノ……、ピアニストですもんね」

「全然」琴音は顔の前で大仰に手を振った。「ただピアノ教えてるだけです。今日のも、ただのアルバイトで」

子供は体を左右に揺らし、自分だけに聞かせるような小さな声で歌い始めた。

「へー、え、子供に教えるんすか」

「そうですね、いまの生徒は、みんな子供です」

「昔は、大人も？」

「前の職場では、そうですね」

「へー、え、職場ってことは、昔はなんかどっかお勤めされてたんですか」

「はい、会社員だったんですけど、一年前に辞めて。いまはフリーです」

「へえー、あ、そうすか」

「そうなんです」

「大人でもいるんすねえ、ピアノ習う人」

「います、います」

「ひろくん、あたしがウクレレ習ってるのと同じだよ」

優が言った。

「ウクレレ習ってるの?」

琴音が聞くと、優は皿にスープをよそいながら、そう、と頷いた。

「最近ね、知り合いの人にすすめられて、始めたの」

「えー」

「ちっとも上手くならないけど」

「そうなんだ」

「でもやってると、楽しいよ」

「ウクレレかあ」琴音は言い、それから子供へ顔を向けた。

「諸人《もろびと》こぞりて、でしょ。歌ってるの。ちがう?」

子供は歌うのをやめ、琴音を見た。

「今日一緒にお仕事した人も、その曲を歌ってたんだよ」

琴音が言うと、子供は一瞬笑顔をみせ、それから不安げに夫のほうをふりむいた。

「どうした、いつもはもっとでかい声で歌ってるくせに」

夫がからかうように言った。

「教会で習ったみたいで、ずっと歌ってるの」

「そうなんだ」

「ほれ、先生が聴きたいって。歌ってやんな」

夫が手で子供の背中をこづくと、子供は両腕を振り下ろしてその手を攻撃した。

「おっ、いてっ」

「恥ずかしいんだってば」

優は笑いながら言い、湯気の立ったスープ皿を琴音に渡した。へっへっへっ、と夫は目尻を下げて子供を見た。

「シャイなんだ」

琴音が言った。

「あたしも子供の頃、人見知り激しかったから。似てるんだよね」

優は言いながらテーブルの皿を触り、ラップを一枚ずつ剝がしていった。

「メリークリスマース」

席につくと、優はワイングラスを持ち上げて言った。夫と子供はコーラの入ったグラスを優のグラスにあて、琴音も彼らと同じようにした。

「ちょっと待って、あたし、上着脱いでないじゃん」

琴音はグラスを置くと、立ち上がってダウンコートを脱ぎはじめた。

「寒いんかと思って、いま暖房あげたんすよ」

夫が言った。

「そこにコート掛けあるから、使ってね」

「じゃ、温度戻すか」

「すいませーん」

コート掛けにそれをかけると、琴音はテーブルに戻った。

「食べて、たべて」

優はテーブルの上で両の手のひらを差しだすようにした。琴音は取り皿にハムとブロッコリーを取ってランチョンマットの上に置くと、また立ち上がって言った。

「あれっ、あたし、スマホどこやったっけ」

琴音はショルダーバッグの中身をあさってからコート掛けに駆け寄り、ダウンコートのポケットからスマホを取り出した。

「あった、よかった」

テーブルに戻り、無くしちゃったかと思った、と優に言うと、優は、よかった、と微笑んだ。琴音はスマホをテーブルに置くと待受を見た。それからそれをテーブルの下にやり、太ももの上でＬＩＮＥを開いた。優が琴音の名前を呼んだ。琴音はうつむいたまま片手をあげ、爪で額を掻いた。

〝いまどこ？　なんで電話出ないの？　お母さんに聞いてもいいんだよ〟

という小林からのメッセージを見つめる琴音は、手を胸までおろし、セーターの左肩あたりをつまんで後ろへずらすと、右肩にかかった髪を前へはらった。優はもう一度琴音の名前を呼んだ。琴音はじっとスマホを見下ろしていた。優はささやくように言った。

「もしかして……、お祈りしてるの？」

琴音が黙ったままでいると、夫は腕を伸ばして優の肩にふれた。琴音はイスから立ち上がると言った。

「やっぱり、ちょっと話してくる」

リビングを出ると、琴音は玄関でパンプスをつっかけ、勢いよく外へ出た。鼻をすすりながら前庭を進んで家と道路の境までくると、琴音は小林に電話をかけた。そうして呼び出し音を聞きながら川を見ていた。

「出ないし」

スマホを耳から離すと、琴音は忌々しげに言った。にわかに風が強まり、乱れた髪が琴音の顔にかかった。それを左右の耳にかけてなでつけていると、粉雪が舞いはじめた。それは瞬く間に大きくなり、天地を結ぶ白い線になった。

「なんなの、今日は……」

琴音は呆然と空を仰いだ。それから険しい顔でスマホを見下ろすと、玄関へと引き返していった。


琴音が部屋に入ると、中庭に続く硝子戸をあけた子供が、

「雪だ！」

と声をあげた。

「太子、開けたの？　寒いから閉めてよ」

「ママ見て、雪だよ」子供は優に手招きをした。「きてきて、ほら、見て！」

優はゆっくり立ち上がると、子供のそばへ行った。

「ほら、雪！」

優は頭を傾けて縁側から外をすかし見た。

「すごい降ってるよ」

「ううん、わかんない」優は言った。「ママには、わからないよ」

子供は口を半びらきにしたまま優を見つめた。

「寒いから、閉めて」

優しくさとすように言うと、優は席に戻った。ドアを閉めた子供は優を追いかけ、

「ねえねえ、じゃあさあ、こないだ温泉行った時も、雪、見えなかったの」

と言った。優は子供へ笑いかけた。

「あれはわかったよ。いっぱい積もってたもん」

席についた琴音に気づくと、優は声をかけた。

「おかえり、大丈夫だった？」

琴音は、うん、と言いながら席についた。

「電話したんだけど、出なくて」

「そっかあ。あっ、勝手に食べてるけど、ことちゃんも食べてね」

「うん、いただきます」

子供はキッチンへ行くと食洗機から何かを持ち出してリビングを横切り、縁側から外へ出ていった。

「いま、雪、降ってるの?」

優が言った。うんそう、と琴音は答えた。

「いま太子に雪降ってるよって言われたんだけど、わかんなくて、わかんないよって言ったの。そしたら先週、草津温泉行ったんだけど、そのときすごい大雪でね、それも見えなかったのかって聞くの」

優はおかしげに笑って言った。

「粉雪だよ」琴音はわずかに目を宙に泳がせ、「にわか雨みたいな。すぐ止むとおもう」

「空の向こう、晴れてましたね」

夫が琴音に言った。

「そうなんですか?」

「雲なくて、青空。変な空ですよ」

「えー、じゃあ、局地的なんですね」

「うん」

琴音と夫は頷きあうと、自分の取り皿に目を落とした。

「小さいものは見えないんだって教えてるんだけど、忘れちゃうのか、よくわかってないのか」

優はつぶやくように言った。琴音は顔をあげて優を見た。

「完全に見えないわけじゃないから、混乱させちゃってるんだとは思うんだけど」

「まだ、子供だから」

琴音は言った。優は、うん、と頷いてから言った。

「もうちょっとしたらね、わかってくれるとは思うんだけど。無邪気に、あれ見て、これ見てって言われるとね。見えないことが申し訳なくなってきちゃう。でもあの子には嘘つきたくないから、見えないものは見えないって、ちゃんと言うことにしてて」

琴音は、うん、と頷きながら夫を横目に見た。夫は上体をねじって中庭のほうを見ていた。

琴音はテーブルの上に置いていたスマホをさりげなくひっくり返し、着信とＬＩＮＥの履歴をチェックした。

「ことちゃんって、やさしいよね」

「は？」

琴音はスマホから顔を上げた。

「昔の友達に会うと、みんなすごい、って言ってもそんな、あからさまにじゃないけど、目のこと聞いてくるよ。でもことちゃんはそういうの、一切ないでしょ」

「そうかな」

「本当は、そういうのが一番嬉しい」

「そうなんだ」

「もちろん、聞いてくる人の気持ちもわかるけどね。あたしもそっち側だったら、やっちゃうと思うし」

「えー……」

琴音は曖昧な声を出すと、ワインを飲み、下唇を前に突き出すような顔をした。

「ありがとう」

優は言った。

「やめてよ、照れるじゃん」

琴音は伏し目に笑った。

「なんで、ほんとのことだもん」優は琴音を見つめて言った。「ほんとはね、こうやって昔の友達とか知り合いに会えるようになったのって、最近なんだ。ようやく最近、ふっきれたっていうか……、受け入れられたっていうか」

「そうなんだ」

「もともとマイナス思考だから。ずうっとぐるぐる色んなこと考えちゃって」

「うん」

「でもそれがあったから、いまこうやって前向きになれたんだと思う」

「そうなんだ」

琴音はテーブルに腕を伸ばすと、チーズのひとかけを素早く手にとった。

「ウジウジ悩んでるの、もったいないなって思って。そう……、だからこれからは色んなことにチャレンジしていこうと思って」

「それで、ウクレレ？」

琴音がチーズを口に入れながら言うと、優は、そう、と笑った。

「駅のところに、視覚障碍者の施設があるの。それも教会の人が教えてくれたんだけどね。あたしみたいに途中から見えなくなった人って、どうしていいかわからないでしょ。そこに行くといろいろ教えてくれたり、相談乗ってくれるの」

「そうなんだ」

「そこの職員の人が、やっぱり見えない人なんだけどね、ウクレレがすごく上手で、教えてくれるの」

「えー」

「隔週で、教室みたいにしてやっててね。何年も習ってる人もいるんだよ」

「何人くらい教えてるの」

「えっとね……、八人かな」

「結構いるんだ」

「あたしが一番新入りで下手だから、みんなで教えてくれるの」

そう言って優は目尻に細かいシワをつくった。琴音はワイングラスに口をつけながら、いいね、と言った。

そのとき硝子戸を開けた子供が縁側に立ったまま腕を上げ、

「パパ！」

と呼んだ。夫は立ち上がり、呼ばれるままに縁側に出た。しゃがみ込んで子供の話をきく夫の背中を琴音が見ていると、優もそちらを振り向き、あれっ、外にいるの、と言った。少しして二人はテーブルに戻ってきたが、子供は夫の腰にしがみついたまま席につこうとしなかった。

「雪、ほとんどやんでますね」

夫は子供の背中に手を回しながら言った。

「そうなんですね、よかった」

琴音は嬉しげに言った。夫は子供の持っていた食器をテーブルに置いた。

「これに雪を集めて、優ちゃんに見せようとしたらしい」

琴音はその食器――プラスチックの、赤い茶碗のようなもの――を見た。

「そんでやんできたから、他に方法ないのかつって、ないって言ったら、泣くんだよ」

夫はヘッヘッと笑い、子供の背中を軽く叩いた。

「ほんと？　太子――」優は子供へ両腕を広げた。「こっちきて」

子供は夫から離れ、優の腕の中へ進んでいった。

「ママに雪、見せようとしてくれたの」優は子供を抱きしめながら言った。「ありがとう、ママ、嬉しい。優しいね、太子は」

子供は優の胸に頭をなすするようにしたあと、テーブルの上を横見して言った。

「すぐ消えちゃう」

「なにが？」

優が聞くと、雪がだろ、と夫が答えた。

「なんですぐ、消えちゃうの」

涙声で子供は言った。

「そうだね、なんでだろうねえ」優は子供の頭に置いた手を首筋に滑らせた。「雪ってそういうものだもん。しょうがないよ。太子のせいじゃないからね。ママは太子の気持ちが嬉しい。ありがとう。こんなに耳も冷たくなって。寒かったでしょう」

優が両手で子供の耳を撫でると、子供はくすぐったそうに笑った。ワインを飲み干した琴音はグラスをテーブルに置きながら、

「太子くんは、ママのことが大好きなんだね」

と言った。子供は涙ぐんだ目で琴音を見た。

「そうだよね、ママのこと、大好きよねー」

抱いた子供の体を揺らしながら優は言った。子供は優の腕から身を起こすと、琴音に向かって言った。

「ママのこと、愛してますから」

琴音はギョッとしたように目を見開いたが、すぐにそれをユーモアを含んだ驚き顔に変えた。

優は、あはっと笑い出し、ごめんね、と琴音に言った。

「教会で教わったみたいで、最近よく言ってくれるの」

「そうなんだ」

琴音は笑顔のまま目を見開いた。

「ありがとう、太子」優は再び子供の体を抱き寄せると、ママも愛してるよ、と言った。

「パパも愛してるよ」

夫が優の口調を真似て言うと、子供は夫に頷き返した。夫は右肩をカクンと落とし、

「うなずくだけかい」

と言った。琴音は、ふふっと笑い、

「パパにも言ってあげないと」

と子供に促した。

「そうだよ、パパにも言ってあげて」

優が両手で子供の頬をほぐすように触ると、子供ははにかみながら、

「パパも、愛してる」

と言った。夫は右腕に顔を埋めて泣き真似をした。優と琴音は笑い声をあげ、子供はまんざらでもない顔で彼らを見回した。

「かわいいでしょ」優は琴音に言った。「いつまで言ってくれるのかなあ。きっとすぐ言ってくれなくなっちゃうよね」

「そんなことないよ。太子くん、いい子だもん」琴音は明るい調子で言った。「ていうか今さ

らだけど、太子って、いい名前だよね」

「ほんと?」

「うん」

「聖徳太子からとったの」

「そうなんだ」琴音は言った。「……本当に?」

「うん。いろんな人の話を聞ける人になってほしいと思って」

「あ、そうなんだ」

そう言うと琴音は手を口元にやり、チラッと夫を見た。

「田口さん、笑ってるよ」

へっへっ、と笑いながら夫が言った。笑ってないです、と琴音は顔の前で手を振り、笑ってないからね、と優に言った。優は、わかってるよ、と微笑んで言い、ひろくん、ことちゃんはそんなことで笑う子じゃないの、ことちゃんはいい子なんだから、と夫に言った。夫は相槌をうつとソーセージにかぶりつき、琴音はミニトマトを取り皿にうつした。

「明日、どこだっけ、Tに行かれるんでしたっけ」

と夫に聞かれた琴音は、はい、そうなんです、と答えた。

「彼氏さんが、転勤になっちゃったんだよね」

優が言い、琴音は、うん、と頷いた。

「新幹線ですか」

「いえ、夜行バスです」

「バス？　これから？」

夫は目をむいた。

「はい、S駅の、十一時発ので」

「はあー、そっすか。いや大変だ」

「新幹線代、出してくれればいいのにね」優は言った。「あたしなら、出してって言っちゃう。だってわざわざこっちから会いに行くのに」

「遠距離じゃなくても、出させるだろ」

夫が言った。優が夫を振り向くと、琴音は、ふふっと笑った。

「バスのほうが朝早く着くから。それにそんなに嫌じゃないんだよね、夜行バスって」

「たしかに、朝一に着きますからね」

夫が言った。

「帰りもバスなの？」

優が聞くと、琴音は微笑んだまま、うーん、と眉を持ち上げた。

「帰りは出してもらって、新幹線で帰ろうかな」

「そうしなよ。それがいいよ」

優は心配そうな顔をしたあと、子供に向かって明るい声で言った。

「そうだ太子、あとでお姉さんに、見てもらいたいものがあるんだよね」

子供は頷いて琴音を見た。

「えー、なんだろう」

琴音は瞬きをして子供を見つめ返した。子供は優の腕から身を離すと、こっち、とリビングの奥、閉じてある引き戸へと駆けていった。

「食べてからでも、いいんじゃなーい？」

優は子供へ声をなげ、琴音は立ち上がって子供のあとについていった。部屋は四畳半ほどの和室だった。押し入れの反対の壁、フラットボードの上に、栗皮色のアップライトピアノが据えられている。琴音は眉をひそめたが、後ろから近づいてくる優を振り返ると、

「ピアノ、買ったんだ？」

と嬉々とした声で言った。

「うん、買っちゃったの。太子がやりたいっていうから」

「そうなんだ」

「お習字と水泳にも通ってるのにね」

「えー」

「そうなの。水泳は幼稚園の頃からで、お習字は半年くらい前から」

「うん」

「クラスの友達がお習字教室行ってて、誘われて入ったの。ひろくんが言うには、ミミズみたいな字、書くらしくて、この子。綺麗な字が書けるようになるといいなあと思って。入ってみ

たら、結構楽しんでるみたいで、家でもよく練習してるよ」

そのとき琴音のスマホが鳴った。小林からだった。

「あっ、きた！」琴音は声を張り上げた。「ちょっと、話してくる」

そう言って部屋の出口へ向かう琴音を、待って、ことちゃん、と優は呼び止めた。琴音が振り返ると、

「コート、持った？　外寒いよ、着ていって」

と優は笑顔で言った。琴音はコート掛けからダウンコートを取ると、腕を通しながら小走りで玄関へと向かった。

「もしもし？」

外へ出ると寒風が吹きつけ、ダウンコートの裾がマントのように持ち上がった。

「あっ、もしもーし」小林はのんびりした口調で言った。「ごめごめ、いま温泉入っててさ」

「なんなの、お母さんに電話するとか」琴音は家の表札の前で立ち止まると言った。「関係ないじゃん」

「いやー、電話でないからさ。なんかあったんかと思って。お母さんに聞けばわかるかなと」

「わかるわけないじゃん」琴音は声を荒げた。「おどしのつもり？　なんなの」

「いや、なんなのはこっちだよ。急によし子から電話きて、怒鳴られてさ。一方的にガーって言われて切られたからよくわかんないんだけど、なに、もしかして車、事故ったの？」

琴音は川の方へ歩き出しながら首を横に振った。

「事故ってない」

「琴音に殺されかけたとか言ってたけど」

「はあ？」

川は団地の向こうへと続いていた。

「クソババア……」

琴音はつぶやいた。

「なんて？」

「クソババアなんだよ、あいつ」

「それはわかってるよ」小林は言った。「何がどうしたのよ」

川縁《かわべり》で立ち止まると、琴音は灰色の水面を見下ろしながら片手をポケットに突っ込んだ。

「てか、あたし車運転するなんて、ひとっことも言われてないんだけど」

琴音が言うと、鼻をかむような音の後、そうだっけ？　と小林が言った。

「そうだよ！　高速なんて、運転したこともないのに！」琴音は再び団地の方へ向かって歩き出した。「運転しろって言われて！」

「うち、言わなかった？」

「言ってないから」

「ふーん。じゃあそれは、言わなかったのは、悪かったけど——」

「違うよ。わざと言わなかったんでしょ。言ったら、あたしが断るのわかってたから」

「えー？」

「そうだよ。絶対、そうだよ」

団地の棟の近くにかかる橋を、腰の曲がった老婆が手押し車を押しながら渡っていく、その姿を目で追いながら、絶対わざとだよ、と琴音は言った。

「だましたんだよ」

「いや、だましたつもりはないけどさ。つうか普通に考えて、あのババアが自分で運転するわけないじゃん。でしょ？」

「違う人がすると思ってたの！　家行ったら、息子いたし！」

対岸を走るランニングウェアの男が首を回し、ぎりぎりまで琴音に顔を向けながら走っていった。

「しかもあそこまでクソババアなのも、あたし知らなかったからね。知ってたら、絶対断ってたし！」

「お怒りなんですね」

小林は言った。

「そうだよ」琴音は歩度を速めて言った。「あたしに殺されかけたって？　あたしが殺されかけたっつうの！」

「じゃ、どんなふうに殺されかけたか教えてもらっていいっすか」

琴音は立ち止まると、低い声で言った。

「どういう意味？」

「いや、よし子も何言ってっかわかんないし、どういう状況だったのかよくわかってないのよ。これじゃあ、よし子に折り返せないっしょ」

「折り返す？　折り返して、どうすんの」

「いやあ、まあ。ねえ……」

「あたしの代わりに謝るって？」

「だって……、謝りたくないんでしょ？」

「あったり前じゃん、あたし何も悪くないもん！」

琴音は川面に向かって大声で言った。

「わかってるよ。だからうちが謝るからいいって、それは」

「意味わかんないんだよ」琴音は橋のすぐそばまでくると、立ち止まった。「絶対、謝んないから」

「はい。で、何があったか教えてくれる？」

「やだ、言わない」琴音は薄暮に沈む団地を見上げた。「よし子に聞けばいいじゃん」

「もおー、困りますよお」小林は芝居がかった調子で言った。「エスカレーターって知ってる？」

「は？　エスカレーター？」

「あれっ、違う。なんだっけ、ねえ、なんていうんだっけ、あれ。エスカレーターじゃなくってさあ……」

遠ざかっていく小林の声に、琴音は面食らった顔をして言った。

「なんなのエスカレーターって。……もしもし、もしもし？」

「それそれ、エスカレーション」戻ってきた小林の声は言った。「エスカレーション」

「知らない」

琴音は即答した。

「エスカレーションなんだよね」

「知らないっつってんの」

「だから、状況把握はしておかないとってこと。雇用主としてはさ」

「はあ？」琴音は目を剝くと声を張り上げた。「雇用主？　ちょっと、雇用主とか――」

「あ、違うよ？」

「あたし、あんたの派遣社員じゃないんだけど！」

「そんなこと言ってないじゃん。ツゥッ」

「言ってんじゃん、雇用主って」

「間違えたんだよ」

「しかもいま笑ったよね？」

「笑ってない」

「笑ったよ！　なに、あたしのことずっとそんなふうに思ってたの」

「違います。間違えました」

「あたしのこと、なんだと思って……。あたしは、コバが出れないって言うから、代わってあげたのに――」

「うん、それはそうなんだけど」

「あたしはコバの従業員じゃないし！」

「わーったよ、もう。いまのは言い方悪かったけどさ」

「友達だと思ってたの、あたしだけだったんだ」

「ねえー」

小林は猫撫で声を発した。

「もういい、やめる。雇用契約は破棄させてもらいますから」

「ねーえー」

「てかそんな契約、結んだ覚えもないんだけど！」

「いまのは自分で言ったんだよ？」

小林は地声に戻って言った。

「最低……。まじで金の亡者」

「なんて？」

「金の亡者って言ったの！　今日だってマージン取って、しっかりお金抜いてんの、知ってんだから。知らないと思ってたでしょ。全部知ってんだから。あっ、いまもどこ行ってんのか知らないけど、お土産とかいらないからね。タダなら貰うけど、どうせ売りつけてくるんだろうから言っとく。いらないんで。そういうの、押し売りって言うんだよ。ってか、カモ？　カモだよね。あたしのことカモにしてるよね。ほんと、まじ人のことなんだと思ってんの」

「いや、琴音に言われたくないんだけど」

「はあ？」

「うちが金の亡者だったら、そっちはサイコパスだよ」

「は？」

「サイコパス」

「なんなの、サイコパスって……。意味、わかって言ってんの」

「わかってる。嘘つきで、感情がないんだよ」

「あたしが？」

「うん」

「待って、いまこんなに怒ってるんだけど」

「感情がないっていうか、なーんていうかな……」

「こんなに怒ってるんですけど！」

「人間じゃない」

「は？」

「いや、人間じゃないっていうか……、人としてどうなのってところあるよ」

「なに言ってんの」

「そういうところあるよ」

「意味わかんないんだけど」

「うち、思い出したんだよね」小林は言った。「こないだ電話したとき、琴音、かっちゃんが大学行かなかった理由、知らなかったって言ってたけど、あれ嘘だよ。嘘っていうか、かっちゃん、琴音にも話してたよ」

琴音は橋を渡っていき、弱々しい声で、なにが、と言った。

「高三のとき、文化祭、うちら実行委員やったじゃん。手塚に言われて。打ち上げマックだったけど、みんな先行っちゃって、うちら後片付けしてから行ったじゃん。そんときかっちゃんと熊さんが、美化委員だったんかな、一緒に手伝ってくれて、終わってから四人でマック行ったんだよ。で、三人でなんか色々話してたら、あれ、なんで熊さんいなかったんだろ、忘れた、まあいいや、とにかく三人でフツーに話してたら、いきなしかっちゃん、泣き出してさ……、思い出した？　覚えてない？」

橋の真中で琴音は欄干に手をつくと、川面をのぞくように体を傾け、いいよ続けて、と言った。

「覚えてないの？　うそでしょ。かっちゃん、あんなにガン泣きしてたのに。で、うちら慰めてあげてて、話聞いてやってて。かっちゃん、自分は大学行けなくなったし、妹だったか弟だったかも私立の中学行ってんだけど辞めないといけないかもっつって。そういう話してるときだよ、隣の席に、なんかインターナショナルの学校あったじゃん、あれの生徒っぽいのが二、三人こっち見ててさ、ディカプリオくずれみたいなの。こっちになんか紙、渡してきて、見たら英語でバーって書いてあって全然わかんないし、無視しようってなって。かっちゃん泣きながらずっとストロー咥《くわ》えてめっちゃ飲み物飲んでたらすぐ無くなっちゃって、おかわりしたいけどお小遣いないから我慢するっつって……、あっ、そんでそいつらもう一回話しかけてきて、なんか英語で言ってくっから、アイキャンスピークイングリッシュって言ってやったらなんも言ってこなくなって、そんでかっちゃん可哀想だし、うちなんでもおごってあげるよって言ったの。……ツゥッ、金の亡者だからさ、人におごるとか滅多にないから、よく覚えてんのよ。んでかっちゃんビッグマックが食べたいっつって、うち一階に買いに行ったん。で、ビッグマック買って戻ってきたら、かっちゃん、一人で寝そべってて」

「は？　寝そべって――」

「うん、寝そべってるは違うか。うーん、寝そべってるっていうか、あのー、顔をさ、こうやって、うずくまってて。てかそれはべつにいいのよ。とにかく戻ったらかっちゃん一人でいて、あれ琴音は、つって見たら、あんた隣の席で、そいつらと楽しそうに喋ってたんだよ」

「あれは」琴音は欄干から離れると言った。「コバがいなくなったら、また紙渡してくるから、なんて書いてあるのか聞いただけで――」

「思いだした？　やっぱ男のことになると覚えてるんだわ。カタコトの英語で、すっごい楽しそうに話してたよね、あんとき。英会話してさ。友達泣いてんのに、英会話して……。しかも全然帰ってこないしね。まあだから、そういうとこがサイコパスって感じですよね」

　琴音は橋を渡りきってから、

「いま友達の家に来てるんだよ」と言った。「そんな話、してるヒマないんだけど」

　小林は、わかるよ、と失笑した。

「うちもいま旅行に来てるからね。そんで宿着いたら、よし子に怒鳴られたけど」

「じゃ、さよなら」

「なんだよ、結局教えてくれないわけ」

　苛立った声で小林が言うと、琴音は立ち止まって言った。

「おぼえてないんだって」

「おぼえてない？」

「よくおぼえてない。混乱してたし、そんな急に言われても、話せないし……」

　琴音が不貞腐《ふてくさ》れたように言うと、小林は、うーん、となってから、記憶喪失ってこと？

と言った。

「はあ？」

「もしかして、あれのこと？　あれ、あれなんて言うんだっけ、ねえ、四文字の、ほらあったじゃん、ＰＰＡＰじゃなくて……、あれなんて言うんだっけ、あの、トラウマってか、ショック
クでさ……」

　と小林の声は遠ざかり、電話の向こうでポッポッと言葉を交わす声がしたあと、再び戻って

きて言った。

「ＰＴＳＤ！　ＰＴＳＤになっちゃったの？」

「はあ？」

「しんてき……、がいしょう……、ストレス……、障害？　っていうんだって。ツゥッ、うちの旦那、物知りでうけるでしょ。何聞いても教えてくれる」

「知らないよ」

「でもオッケー、わかった。とにかく琴音はＰＰＡＰ……じゃなくて、なんだっけ……、ＰＴＳＤ！　クゥーッ、ＰＴＳＤで記憶喪失になったってことにしとくよ。それでよし子と話してみる」

「勝手にしてください」

琴音は言った。

「うまくいくかわかんないけどね」

「さよなら」

琴音は電話を切ると、来た道を駆け足で戻っていった。

部屋に入ると、夫と優は琴音を振り返った。ダウンコートをコート掛けにかけ、にやついた顔でテーブルにつくと、すいませーん、と琴音は言った。二人ははにかんだような顔をし、琴音はぎらぎらした目で彼らを見つめ返した。

「大丈夫だった？」優が聞いた。「お話しできた？」

琴音は、うん、と頷き、喉渇いちゃった、飲んでいい、と自分のグラスにワインを注いだ。

「すぐ戻ってくるかと思ったけど、長かったねえ」

優が言った。琴音は喉をならしながら一気にグラスを飲み干した。

「解決できた？」

「なんか事件すか」

「それがね、まだ聞いてないの」優は夫に言ってから琴音に顔を向けた。「何かあったの？」

琴音は両肘をテーブルにかけると、打ち明け話でもするように身を乗り出した。が、カクンと頭を垂れると、肩を揺らして笑い出した。

「だめ、いまもう、むかついちゃって話せない。まじで意味わかんなくて」

「いいよ、聞くよ？」優は胸をはるように背筋を伸ばした。「話すとスッキリするかもだし」

「話すっていっても、意味がわからなすぎて……」

琴音はワインをグラスに注ぎ、それを半分ほど飲んでから言った。

「ちがう、もっと楽しい話しようよ。てか何話してたんだっけ……、ああ、太子くんがピアノ始めたって話か」

「それがね、まだなの。幼稚園の時に、鍵盤ハーモニカの授業があっただけで」

優は笑い顔で言った。琴音は微笑みを浮かべながら部屋の角に立つクリスマスツリーを見た。

「もし、ことちゃんがよかったらなんだけど――」

「あたしが教えろって?」

琴音は言い、自分の声の大きさに驚いたように目を見開いた。優は口を半開きにしたあと、ぎこちなく笑った。

「あ、うん、教えろっていうか……、そう、そうなの。よかったらって思ったんだけど。やっぱり、難しいかな」

「難しいっていうか……」琴音はグラスの残りを飲み干すと目を伏せた。「無理だよ」

そしてグラスにワインを注ぎながら、

「優は、友達だもん。あたし友達に雇われたくないから」

と言った。

「雇うだなんて、そんな」優は再び笑った。「ただあの子も懐いてるし、私もことちゃんが先生だったらいいなって思っただけで――」

「雇われたくない」琴音は優を見据えて言った。「絶対に」

優はきょとんとした顔をしたが、すぐにそれをこわばらせると、

「そっか、わかった。そうだよね。ごめんね、変なこと言って」

と言った。

「てか、別に懐いてないよね?」琴音は部屋を見回した。「……あれ、あの子は」

「あっ、こっ、ここにいるよ」

優がソファを指差すも、琴音の位置からは背もたれしか見えなかった。

「ご飯食べたら、すぐ寝ちゃった」

「起きてたなー、今日は」

夫が言った。

「朝からいろいろあったしね。疲れちゃったんだね」優は言った。「この子、何かあるとすぐに寝ちゃうの」

琴音は立ち上がり、ふらふらした足取りでソファへ近づくと、寝ている子供の前にしゃがみこんだ。その寝顔を見つめながら、

「かわいい顔して」

とつぶやくと、優と夫が笑い声をあげた。

「天使みたい……」

琴音が言うと、二人はさらに大きな笑い声をあげた。

「天使だって」

と優が言い、

「寝てるときだけすよ」

と夫が言った。

「ありがとう、ことちゃん」優は言った。「でも自分の子ができたら、もっとずっとかわいいからね」

琴音はにやついた顔で立ち上がり、「ママのこと、愛してるんだもんね」テーブルへ戻ると

イスに腰掛けた。「知ってる？　昔、生徒だった人が言ってたんだけど」だらしなく背もたれに寄りかかりながら琴音は言った。

「愛っていう言葉って、もともと日本にはなかったんだって」

「愛が？」

「うん。ラブ、ラブでしょ愛って。そのラブを日本語にするときに、日本語でぴったりくるものがなくて、しょうがなく愛って言葉にしたんだって」

「へえ、知らなかった」

「だから愛って、なんか、恥ずかしいじゃん。普通言わないじゃん、愛してるなんて。えっ、ってなるじゃん。クサイっていうか、嘘くさい感じするじゃん。それは、もともとなかったからなんだって。もともとそんな言葉なかったから、気持ち悪い感じするんだって」

優と夫は真顔で琴音を見つめた。

「って、その人が言ってたんだよね、昔……」

黒目の半分ほどまで下がった瞼《まぶた》をグッと引き上げた琴音は、イスから立ち上がると言った。

「あれっ、あたし、スマホは？」

「えっ、し、知らないよ」優は焦ったように言った。「ポケットは？」

琴音は立ち上がった。

「コートないんだけど」

「あっちすかね」

夫がコート掛けを指差して言うと、琴音はそこへ行ってダウンコートのポケットをまさぐった。

「あった！」

琴音の大声に優は肩をびくつかせたあと、

「あった？　よかった」

と言った。琴音はダウンコートを羽織ると、

「ちょっ、行ってくる！」

と言い捨て部屋を出ていった。


「あっ、はいはーい」

「もしもし？」

琴音が訝《いぶか》るように言うと、

「オッケ、オッケ、とりあえず」

快活な調子で小林は言った。

「なにが？」

「よし子。琴音が事故で記憶喪失だって言ったら、笑ってたよ」

琴音は家を出たところで立ち止まると、川のほうへ目をやった。

「意外とウケてた。よかったよ」

小林は言った。

「……なんて」

「ん？」

「よし子、なんて言ってた」

「いやだから、琴音が記憶なくしちゃったって」

「よし子は、なんて言ってた」

「あー、どうしようもないわねって」

琴音は頭を下げると、クックッ、と喉を鳴らした。

「そうそう、よし子もそんな感じで笑ってたよ」

小林の言葉に、琴音は笑顔を引っ込めて言った。

「その話じゃないんだよ」

「違うの？」

「よし子に言ったでしょ、あたしが会社辞めた理由」

琴音は再び大股に川の方へ歩き出した。

「言ってないけど」

「じゃあなんで、よし子が知ってんの」

「よし子、知ってた？」

「コバから聞いたって」

「うちから、聞いた？」

「そうだよ！」

「あいつまじ、クソババアじゃん」

「あたし、言わないでって言ったよね？」

「いや、わざとじゃなくて、しつこく聞いてくっからさ……、仕方なくよ」

「絶対言わないでねって言ったのに」琴音は立ち止まると、頬をひきつらせた。「しかも、もし聞かれたら、親の介護ってことにしといてって、あたし言ったよね？」

「あー……」

「なんで本当のこと言うの！」

「ごめ、それ明日でもいい？　うちらこれからバーに行こうって話で」

「あれだけ言わないでねって言ったのに、ほんと最低。いっつもそう、なに言ったって次の日には忘れてるんだから」琴音は大口を開けて白い息を吐きながら言った。「どうでもいいことは覚えてるくせに、大事なことはすぐに忘れるんだから。どうにかなんないの、その変な記憶力。そんなだから、みんなからバカにされるんだよ」

鼻をかむ音と、二、三言葉を交わす、遠い声のあと、戻ってきた小林の声は言った。

「うちも言いたかったことあって。さっきうち、琴音のこと人間じゃないって言ったけど、あれ違くて。人間味がない、の間違い。人間味がないって言いたかった」

「知らないよ」

琴音は言った。

「訂正しとこうと思って」

「どうでもいいし」

「日本語って、難しいよね」

「どうでもいいって言ってんの！」

「まあ聞きなよ。で、これもさっき言うの忘れたんだけど、琴音、今日、よし子に謝るとき、すいませんっつった？」

琴音は答えなかった。

「すい、い、ませんじゃなくて、すみ、ま、せん、だって。よし子が、知らないだろうから教えとけって」

琴音は黙っていた。

「すい、い、ませんじゃなくて、すみ、ま、せん、なんだってよ」

小林は「い」と「み」を強調するように発音した。琴音は通話を切り、川向こうの団地を重々しい顔で見つめた。スマホが鳴ると、琴音は電話に出た。

「なぜ切る」

小林は言った。

「だってムカつくんだもん」琴音は言った。「関係ない話ばっかして……。あたしに悪いなって気持ちはないの。謝ろうって気はないの？」

「でもさあ、ほんとのことじゃん。嘘ついたわけじゃないし」

琴音が黙ると、そうでしょ？　と小林は重ねて言った。

「いいじゃん、どうせよし子とはもう会わないんだし」

「そういう問題じゃないから」

琴音はか細い声で言った。

「てかさ、悪いなって思わないのかっていうけどさ、言われて困るようなことしてるほうが悪いっしょ。ちがうの」

琴音は黙っていた。

「だからさあ……、原因には必ず、結果が……。あ、間違えた、結果には必ず、原因があるんだから……、ん？　別に間違えてないか、同じことか。……あれっ？」

「なにが言いたいの」

「だから、よく考えてみなってこと。自分の胸に手を当ててさ。なんで自分がいまこうなってるのか。高校んときハブられた時もそうだし、停学なったときも、仕事だってそうだよ。なんでこうなったのか、一回考えてみなよ。ゆっくり落ち着いてさ。ロジカルシンキングだよ」

「意味わかんない」

「ロジカルシンキングっていうんだよ」

「なにが言いたいの」

「うちのママも言ってたよ。琴音は男で身を持ち壊すタイプだって」

「……持ち壊す？　持ち崩すでしょ」

「いまうち、なんて言った？」

「持ち壊す」

「あ、そう」

「言葉も知らないくせに、人に説教しないで欲しいんだけど」

「言い間違えたんだよ」

「言い間違え多すぎなんだよ」

「いいじゃん、伝わってんだから」

はあっ、とため息をつくと琴音は言った。

「切ってもいいですか？」

「いいよ」

電話を切ると琴音はスマホをポケットの中へ入れて頭をふり、来た道を引き返していった。


琴音が部屋に入ってくると、二人は会話をやめて琴音を振り返った。息を呑むような顔で、おかえり、と優が声をかけると、琴音はそっけなく、ただいま、と返し、ダウンコートを脱いでイスの背もたれにかけ、席に着くと頭を抱えた。

「あたま痛い……」

「えっ、大丈夫？」

「みず飲みたい」

優が冷蔵庫の前で水を用意していると、着信音が鳴った。

「ひろくんのだよ」

グラスを琴音に渡しながら優が言うと、夫は立ち上がり、首を左右に振った。

「田口さんじゃないけど、携帯どこだ？」

と部屋をうろうろしたあと、夫はソファのサイドテーブルにそれを見つけ、電話に出た。

「おーつかれっすー。へっ？　なんすか、ちょっと、なんなんすか。もー、いい加減にしてくださいよ。えっへっへ……」

夫は笑いながら部屋を出ていき、グラスの水を飲み干した琴音は、ふう、と息をついた。

「木屋さんかも」

優は夫の出ていったドアに顔を向けながら言った。

「まだ寝てるの、太子くんは」

琴音はソファの背もたれを見て言った。

「ううん、さっき起こして、部屋で寝かしちゃった。ここで寝て、風邪引くといけないから」

そう言った後、優は声の調子を低くし、

「ひろくんの上司でね、木屋さんって人がいるんだけど、多分あの電話、その人だと思う」

と言った。

「そうなんだ」

「悪い人じゃないんだけどね。たまに休みでも電話してきて呼び出したりするから、困っちゃう。ひろくんも、断るの大変そうだし」

「えー」

「この間なんか、飲み会のあと、そのままうちに来ちゃって。夜中にだよ？　木屋さん酔っ払ってて、そこのソファ座って、ひとりでずーっと喋ってるの」

「そうなんだ」

「その人、ちょうど離婚したばっかりで、可哀想だから、あたし、うんうんって話聞いてあげたんだよ」

「えー」

「ほとんど、奥さんへの恨みつらみ」

「そうなんだ」

「ずーっと、延々と。でも最後にその人、あたしに言ったんだけど、奥さんは幸せ者ですねって。なんでですかって聞いたら、おれなんか障碍者になったら、誰も相手にしてくれないからって。それで、ひろくんは大した男だ、できたやつだみたいなこと言うんだよ」

琴音はテーブルの上に置かれた優のこぶしを見、えーひど、と言った。

「そう。……でも、悪い人じゃないんだけどね。あの時は、酔っ払ってたし」

琴音は、うん、と言って空のグラスを見下ろした。

「離婚したのもね、あたしは木屋さんが悪いと思うんだ」

優は琴音が相槌を打つのを待ってから言った。

「木屋さんの奥さん、あっ、元奥さんね、流産しちゃったの」

「そうなんだ」

「かわいそうでしょ。でももっとかわいそうなのが、木屋さん、自分もつらいからって、お遍路行っちゃったの」

「お遍路？」

琴音が聞き返すと、

「そう、奥さん置いて、ひとりでだよ？」

優は声高に言った。

「お遍路って……」

「会社休業して、四国行っちゃったの。半年近くも」

「えー」

「社長に気に入られてるから、そんなことできたみたい。でも奥さんのこと考えたら、普通できないよね。だって自分勝手じゃない？　一番そばにいてほしい時にいなくて、自分だけお遍路して、気持ちすっきりさせて帰ってくるんだよ？」

「うん」

「帰ってきてすぐ、奥さんから別れたいって言われたらしいんだけど——」

そのとき夫が部屋に戻ってきた。

「木屋さんでしょ?」

優が聞くと、へっへっ、と笑いながら夫はイスに座った。

「やっぱり。ね、ほら言ったでしょ」優は琴音に言い、それから夫の方を向いた。「いま、木屋さんじゃないかって話してたの」

「スナックにいんだって。カラオケの順番回ってきたから、切れた。いつもだったら、あと三十分は話してっから」

「長いんだよね」

「おれは彼女じゃねえっつの」

「早く終わってよかったね」

「まじ、ママに感謝だわ」

夫はへっへっと笑った。

「いまね、ことちゃんにも木屋さんの話、聞いてもらってたの」

「話?」

「木屋さんが勝手にお遍路行って、愛想尽かされたって話」

「ああ……」夫は琴音と目を合わせたが、すぐに逸らした。「ま、お遍路行ったからってわけじゃないけど」

「なんで、そうでしょ」優は口先をとがらせた。「木屋さんが勝手なことばっかりするから、離婚になっちゃったんでしょ」

夫は琴音に向かって、違うんすよ、と言った。

「お遍路行ったのは、そうなんすけど、最初は奥さんも行くって話だったんすよ。それが直前になって、やっぱ行かないってなって、家に残ったんすよ。そんでお遍路終わって帰ってきたら、奥さん、家で、見知らぬ男といちゃついてたんすよ」

「男?」

琴音は言った。

「そうなんすよ。奥さん、木屋さんがお遍路行ってる間に、浮気してたんすよ」

「あたし思ったんだけど」優が言った。「木屋さん、帰るときに連絡しなかったの。連絡してたら、そんな鉢合わせにならなかったでしょ」

「携帯、置いて行ったんだよ」

「うそー。じゃあお遍路行ってるあいだ、一回も連絡しなかったの」

目を丸くする優に、夫は首を振った。

「絵はがきを毎日のように出してたって」

「絵はがきい?」

優は嫌そうに言った。

「本人言うには、百通近く送ったらしい。けどそれも家帰ってみたら一個もなくて、全部捨てられてたって」

「でしょうね」優は呆れたように言った。「なにが絵はがきだよって思うもん」

「不器用な男なんです」

夫は琴音に言った。

「不器用っていうか、考えなしだよね。自分勝手すぎ。木屋さんには悪いけど、あたし奥さんの気持ち、わかるもん」

「浮気する気持ちが？」

夫が聞くと、うん、と優は頷いた。

「だって、ほんとに辛いときにひとりにされたんだよ。そんなときに他に優しくしてくれる人がいたら、そっちいっちゃうでしょ。木屋さんに奥さんを責める資格ないと思う」

「まあ、あの人も遊びに行ったわけじゃなくて」夫は中指の爪で眉尻をかき、「供養に行ったわけだから……」

「だからってお遍路行く必要ないと思う」優は苛立った声を出した。「ほんと、この話してると、ムカムカしてくるんだよね」

「まあさあ、あの人の身にもなってみ？」夫はほのぼのとした顔で言った。「半年近くも四国を行脚して、途中ヘルニアにもなりかかって、元々四十肩の中年男が、足の裏にマメをつくっては潰し、つくっては潰しって満身創痍でお遍路し終わって、へとへとなって帰ってきたら、家で嫁が知らねえ男とちちくりあってたんだよ？」

「自業自得」

優は言った。夫は、ひでー、と笑った。

「なんにもひどくないよ。ねえ、ことちゃん」優は琴音に顔を向けて言った。「奥さん、悪くないよね？　どっちが悪いと思う？」

「難しい問題ですよ、これは」

夫も琴音に言った。

「あたしが気になるのは……」琴音は二人の間に見える、部屋奥のクリスマスツリーを見つめながら言った。「その浮気相手は、奥さんが既婚者ってこと、知ってたのかな」

少しの間のあと、夫が、

「あ、そっち？」

と言った。

「あっ、うん。えっ、どうだろうね」優は細かくまばたきをしながら言った。「知ってたんじゃないかな。家に来てたんだもんね？」

「たしか相手もバツイチとか言ってたような気いするな。知ってたんじゃないすか」

「知ってたと思う」

優が言い、琴音は無表情のまま頷くと、そうなんだ、と言った。一同は沈黙した。

「そうだ、ひろくん。太子の様子見てきてくれる」仕切り直すように優は両手を合わせて言った。「寝てたら、プレゼント置いてきちゃって。納戸にあるから」

「了解」

夫はサッと立ち上がると部屋を出ていった。優が琴音に、大丈夫？　と聞くと、琴音は空のグラスに口をつけ、すぐにそれを戻した。

「ねえ、変なこと聞いてもいい？」優は琴音の方へ身を乗り出して言った。「なんで会社、辞めちゃったの？」

琴音が黙って優の顔を見ていると、優は不器用な笑みをつくって言った。

「ごめんね、変なこと聞いて。やっぱりフリーのほうがいいのかなって思って。だって昔、ことちゃん、就職した頃に会ったとき、正社員になれたって喜んでたから」

「……昔？」

「うん、あたしもまだ働いてたときだから……、五年くらい前かな。ことちゃん契約社員からやっと正社員なれたって。やっぱりなんだかんだいっても正社員が一番だよねって言い合ったの覚えてる。もちろん、五年もすれば考え方なんて変わっちゃうけど――」

「横領したの」

「え？」

「会社の金、横領したの」

「え、かっ、会社の？」

「一千万くらい」

琴音はニヤニヤと優を見ていたが、次第に顔を曇らすと、優から目を逸らし、自分の手を見下ろした。

「嘘だよ」

琴音は言った。

「もー、やめてよ」優は琴音へ手を突き出した。「本当にそうなのかと思っちゃった。ああ、びっくりした」

「嘘だよ」

「ことちゃーん、酔ってるからって、やめてよ」

優は笑いながら言った。

「生徒と不倫してて」

「え？」

「それで、辞めさせられた」

「ううん、もう騙されない」優はにこやかに首をふった。「酔ってることちゃんの言うことは、もう信じません」

琴音は優の顔を見つめた。それから、ひろさん遅いね、と言った。

「あ、うん。いま太子にプレゼント、クリスマスプレゼント置いてきてもらってて、たしかに遅いかも。でも、そっかあ。ことちゃんすごいなあ。フリーランスで仕事して、ちゃんと生活してるんだもんね」

「全然」

吐き捨てるように琴音は言った。

「あたしも、また働けるとき、くるのかなあ」

優はテーブルに肘をつくとため息をついた。琴音は項垂《うなだ》れるように頭を下げ、えー、と言った。

「さっき言ってた施設で、いまパソコン習ってるの。難しいんだけどね。慣れてうまく使えるようになったら、就活してみようと思って」

「そうなんだ」

「障碍者枠のある会社で、事務で働けないかなーって」

「えー」

「やっぱりこういう生活してると、社会とのつながりっていうか、そういうのって大事だなって思って。外に出て、人と関わるのって、やっぱり大事だよ。働いてた時はそんなこと、考えもしなかったけど」

「そうなんだ」

「うん、そう……、そうなの」

優は頷きながら言った。琴音は顔をあげると、水、おかわりしてもいい、と聞いた。優が琴音に水差しを渡すと、夫が部屋に戻ってきた。後ろ手にドアを閉めながら、置いてきた、と夫は言った。

「しずかにっ」優は夫をたしなめるように言った。「ドアは静かに閉めないと。あの子、ちょっとした音ですぐ起きちゃうときあるんだから」

夫はイスに腰掛けると、枕元に置いてきました、と優にささやいた。優は小さく笑い、

「靴下、持ってきてくれた？」

と聞いた。

「靴下？」

「ツリーにかけてある靴下。太子が願い事の紙、入れたやつ。そこにお菓子いれないと」

「あー、そっか」

「もー、昨日、言ったじゃん」

夫は立ち上がると、取ってきますよ、と小声で言った。夫が部屋から出て行くと、優は琴音のほうへ顔を向け、

「何やってんだか」

とおどけるように言った。それから立ち上がり、キッチン横の食器棚へ向かいながら、

「ねえ、ことちゃんは子供のころ、サンタさんって何歳くらいまで信じてた？」

「えー、忘れちゃった」

「あたしはちょうど太子くらいのとき」食器棚の前でしゃがんだ優は、一番下の扉を開いた。

「親が枕元にプレゼント置いてくれるところ見ちゃって。それから信じなくなっちゃった」

「そうなんだ」

「それはね、いまでも覚えてる。すごくがっかりしたから。けど自分が親になると、やっぱり同じことしたくなっちゃう。不思議だよね」

優はクッキーやチョコの入ったいくつかの袋を持ってきてテーブルの上にひろげた。

「これを、入れるんだ？」

「そう、お菓子で靴下がパンパンになってるの、これも親がやってくれたことなんだけど、朝起きたとき嬉しかったから、やってあげようと思って」

「そうなんだ」

「あの子、甘いもの大好きだから。とくにチョコなんて――」

そのとき階段を降りる夫の足音がし、優は、きたきたっ、と言った。夫はドアを開けながら、赤いフェルトの靴下を持ち上げてみせた。

「起きなかった？」

夫は、ぐーぐー寝てた、と言ってイスに腰掛けた。

「待ってね、いま、お菓子全部出すから」

優は菓子袋をひとつずつ開き、その中身をテーブルに広げ始めた。夫はそれを見ながら、片手をモゾモゾと靴下の中に入れた。

「おっ」

声を上げた夫が靴下から手を抜くと、その指には折りたたまれた紙が一枚挟まっていた。優は夫の方を向き、琴音はその白い紙を見た。

「どうしたの」

優が聞くと、夫は人差し指と中指で挟んだそれを軽く揺らした。

「あいつ、また願い事、靴下に入れてた」

「なあに、追加？」

優は笑って言った。

「今度は、なんだ？」

夫も笑いながら言った。

「直前に言われてもねえ。もうスイッチ、置いちゃったのに」

「プレゼント、スイッチなの？」

琴音が聞くと、

「そう。スイッチが欲しいですって書いてあったから。もー、お願いは一回きりだって、今度教えないとね。ひろくん、なんて書いてあるか、読んじゃって」

優がそう言う前に、すでに夫は紙を広げていた。彼はそれに目を落としながら、指の腹で眉尻をこすった。

「なんて書いてあった？」

優が言った。

「同じだった。スイッチくださいって」

「それだけ？」

「ん」夫は上目に優を見、それから紙を見た。「あいつなんでもしつこく言うくせあるじゃん。一回お願いしただけだと物足りなかったんかね。心配性だよなあ、子供のくせに。そういうとこ、優ちゃんそっくりだわ」

そう言うと夫は、へっへっ、と笑った。優は手を止め、夫の手を両手で包むと、その指先から紙を抜きとり、紙を見た。それからそれを琴音に差し出して言った。

「ねえ、うちの子の字、見てみて。やっぱり、きたない？」

琴音は紙を受け取り、見た。

〝ママのみれる目ください。スイチは、がまんします。〟

とそこには書かれていた。琴音は顔を上げて夫を見た。彼は中指をこめかみにあてたまま薄く微笑んだ。

「うん、きれいに、よく書けてるよ」

琴音は言い、紙を素早く夫へ渡した。

「ほんと？　よかった。習字教室、行かせた甲斐あったね」優は夫に言った。「靴下かして。お菓子つめちゃうから」

靴下にお菓子をつめ終わると、優はそれを夫にもたせ、子供部屋へ置いてくるように言った。

「起こさないでよ」

「うーい」

夫は靴下を手に下げて部屋を出て行った。夫の出ていったドアへ顔を向けながら、優は両手を動かした。それはテーブルの上を這い、空になったビニール袋を一つずつ握りつぶしていった。

「こういう時、ひろくんがいてくれてありがたいよ。あたし一人だったら、プレゼント置きに行けないもん」

優は潰したビニール袋を一つにまとめながら言った。琴音はグラスに口をつけた。

「施設の人でね、ふたりとも目の見えないご夫婦がいるの。まったく見えないわけじゃないんだけど、あたしみたいにだんだん見えなくなって、そういう集いで知り合って結婚したんだって」

優はテーブルの何も置かれていないところに目線を落とすと、ビニール袋から手を離した。

「こないだふたりの話聞いてて、すごいなって思ったのが、印鑑あるでしょ、あれが必要になってテーブルの上に置いてたら、それがころころーって転がって、どっかの隙間に入っちゃったんだって。でもふたりとも見えないでしょ。それでこうやって、地べたを、ない、ない、って」優の両手が天板のあちこちを触ると、ビニール袋がパリパリと音を立てながら膨らんでいった。「そうやってたら、そのまま夜、明けちゃったんだって」

優の手は再びビニール袋を捕えると、それをまた一つずつ握りつぶしていった。

「その話聞いたとき、あたし、ああまだ自分は恵まれてるなって。ひろくんが見える人でよかったなって思って。でも最近はあたし、そのご夫婦のほうが――」

そのとき夫が静かにドアをあけて入ってきた。優は口をつぐみ、大丈夫だった、と夫を振り返った。夫は、大丈夫だった、と答えながらイスに腰掛けた。それから琴音を見ると、

「大丈夫すか。顔、だいぶ青いけど」

と言った。琴音は、大丈夫です、と弱々しく答えた。

優は立ち上がると、キッチンの横のゴミ箱にビニール袋を押し込むようにして捨てた。

「ねえ、あたしコーヒー飲もうと思うけど、飲まない？」

キッチンに立った優は、背を向けたまま言った。琴音は、うん、と言った。

「ノンカフェインもあるけど、どっちがいい？」

「あ、どっちでも」

「カフェイン入りでもいい？」

「うん」

「ほんと？　大丈夫？」

「あ、うん」

「よくコーヒー飲むの」

「うん」

「いつも？」

「うん。……え、なんで？」

優はコーヒーメーカーにマグカップをセットしながら言った。

「ほら、妊娠中はカフェインって、ダメじゃん」

「はっ？」

琴音は目を見開いた。

「もうお酒飲んでるのに、いまさらだけど」

「あたし、妊娠してないよ」

「それなら、いいんだけど」優は平静な声で言った。「妊活もしてないの」

「急になんだよ。田口さん、驚いてんじゃん」夫は茶化すように言った。「ご結婚も、まですもんね？」

「え……、うん」

琴音は頷き、はい、と言った。

「結婚しなくても、子供作る人だっているじゃん」

「そりゃ、そうかもしんないけど」

夫が言った。

「男の人にはわからないだろうけど、あたしたち、適齢期なんだよ。いつそうなってもおかしくないんだから」

「優は、二人目欲しいなとかあるの」

琴音は言った。それから背筋を伸ばし、肩にかかる自分の髪に触れた。

「ううん、うちは、もういいかな」優は背を向けたまま答えた。「赤ちゃんは可愛いし、あの子にも兄弟いたほうがいいのかなって思うけど、現実考えたら、ねえ……、難しいよ」

「そうなんだ」

言いながら琴音は夫へ目をやった。彼は顔をうつむけ、立てた親指の爪を食い入るように見ていた。

「私の病気ね、遺伝性なの」

優は背を向けたまま言った。夫は立ち上がり優に近寄ると、横から彼女をのぞきこんだ。

「ミトコンドリアっていうのが細胞の中にあるんだけど、それの異常なんだって」

夫が優の腕に触れると、優は大きく体を揺らした。

「いいじゃん、話したって。本当のことなんだから」優は夫から逃げるようにテーブルへ戻ると言った。「ねえ、聞いてほしいの。聞いてくれる?」

琴音は首を縦に振り、うん、と言った。

「ミトコンドリアってね、母親から子供に遺伝するものなんだって。だからあたしもママから遺伝したってことなんだけど、こんなふうに見えなくなるのは確率の問題で、同じ遺伝子を持ってても、発症しない人もいるの」

夫はキッチンで優がやり残したコーヒーの始末をしはじめた。

「あたしみたいに女で発症する人って、少ないんだって。ほとんどは、男の子——」

優は言葉を詰まらせ、眼からは涙があふれ出た。琴音は立ち上がって優のそばへ歩みよると、彼女の両肩に手を置いた。

「あの子も将来、こんなふうに、見えなくなっちゃうかも」

優は指で涙を拭いながら言った。夫は二つのマグカップをテーブルに置き、イスに腰掛けた。

「今日ね、今日の朝、あたし太子に、サンタさんからプレゼントもらえたらどうするって聞いたの。あの子、うれしいって言って。それであたしに、ママは目が見えたらどうする、うれしいかって、聞くの」

琴音は優の首筋に置いていた手を持ち上げると、後ずさるように優から離れた。

「すいません、ちょっと……」

そう言うと琴音は胸を押さえながら部屋を出ていった。暗い廊下に出ると、右手にある階段から、ひとつの影が素早く上へとのぼっていった。板の軋《きし》む音が遠ざかるとともに影は小さくなり、子供部屋へ飛び込むようにして消えた。最後に、かちゃりと注意深くドアを閉める音がした。琴音はしんとした階段を見つめたあと、暗い洗面所へと向かった。洗面台のフチに両手をつくと、黒い影を映す鏡に顔をよせた。目を瞑《つむ》って歯を食いしばり、肩を震わすと、彼女は洗面台から離れてトイレへと駆け込んだ。

洗面台で口をゆすいだ後も、琴音はその場に数分間佇《たたず》んでいた。やがて思い出したように両肩の髪を摑むと匂いを嗅ぎ、手ぐしで髪を整えた。部屋に戻ると、優は口につけていたマグカップを下ろして彼女を振り向いた。

「大丈夫？」

琴音は優の前に腰かけながら、うん、ごめん、急に吐き気がして、と言った。

「吐いちゃったの？」

「うん、ちょっと」琴音は言った。「棚にあった洗剤で、勝手に掃除しちゃった。一応、綺麗にしたつもりだけど」

「いいよいいよ、気にしないで」

「ノロではないと思う。一回なったことあるから、わかるんだ」

「うんうん、大丈夫だよ」

「あれ、ひろさんは？」

琴音は疲れた顔で部屋を見回した。

「いま車温めに行ってる。十一時にバス乗るんだよね。そろそろ出たほうがいいでしょ」

「え、送ってくれるの」

「もちろん」

「いいの？」

「最初からそのつもりだったし。わざわざ来てくれたんだから、このくらいはしなくっちゃ」

「だからひろさん、お酒飲まなかったの」

「ううん、あの人、もとから下戸だから」優は笑って言った。「さっきも……、困らせるようなこと言っちゃって、ごめんね」

「さっき——」

「ううん、いいの。ほんとにごめんね」優は立ち上がった。「もう出れそう？」

琴音がイスの背もたれからコートをとると、優は琴音のそばまできて言った。

「ねえ、もしかして、本当に妊娠してるんじゃない？」

琴音は優の顔を見た。

「吐き気って、今日が初めてなの？」

「最近、調子悪いっていうか。急に寒くなったから、風邪ひいたんだと思う」

「あたしもそうだった」優は語気を強めた。「最初、風邪かなって思ったの」

琴音は前屈みになってダウンコートのファスナーを合わせた。

「つわりって、人によって結構違うんだって」優は詰め寄るように琴音に近づいた。「生理は、ちゃんときてる？」

琴音はファスナーを首元まで上げると、クリスマスツリーのほうを見やり、

「さっき、思い出してたんだけど」

と言った。

「うんうん」

「中三の体育祭のとき、あたしたち、ずっと二人で遊んでたじゃん。遊んでたっていうか、鬼ごっこしてた。優、足が速くて、普通に逃げたんじゃ直ぐに捕まるから、あたしは見つからないようにいろんなとこ隠れて、途中からかくれんぼみたいになって……。覚えてる？」

「あ、うん。……うっすらね」

優は気の抜けた声で言った。

「井出にさ、お前ら小学生みたいって、言われたの」

「うーん……」

「あのとき、すごい楽しかった。でもそのときも、これから、もうこんなふうに走り回ることってないんだろうなって思いながら、走ってた」

「走れるでしょ」優は冷たく言い放った。「走りたかったら、走ればいいじゃん」

琴音は一瞬言葉をなくし、それから、うん、そうなんだけど、と言った。

「ねえ、ほんとに冗談じゃなくて」優は困ったように眉尻を下げた。「一回、病院行ってみなよ」

琴音は自分の足下を見ながら、うん、と返事をした。それから二人は家を出た。


「やっぱ、クラシックなんですか」

信号待ちの、停車する車の中で夫は琴音に聞いた。

「あ、いえ」琴音は手ぐしで髪をとかしながら言った。「いつもは、あんまり聴かなくて」

「それは、クラシックを？　それとも音楽自体、聴かないってこと？」

優が聞くと、

「音楽自体、あんまり聴かないかな」

琴音は優のほうへ顔を向けたが、眼は交差点の赤信号を見ていた。

「まあ、お仕事ですもんね」夫は頷きながら言った。「そんなもんかもしれない」

「全然聴かないの、まったく？」

「うーん、ほとんど」

「そっかー、意外だね」

「うちだって聴くっつっても、ディズニーばっかかじゃん」

夫が優に言うと、優は笑った。

「いけないの？」

「十一月からずーっと、ディズニーのクリスマスソング聴かされてるんすよ」

「そうなんですか」

琴音は明るい声で、ふふ、と笑った。

「もうね、耳タコっすよ。今日で聴かなくて済むと思うと、せいせいしますよ」

「ひどーい。いいじゃん、クリスマス、好きなんだもん」

「聴きます？」

夫が片手でスマホを操作すると、少しして音楽が流れた。

「いっつも、これっすよ」

「ディズニーの曲って、元気出るの」

優は琴音に言った。琴音は、うん、と頷いた。

「ことちゃんも聴いたほうがいいよ、明るい気分になるから」

「なあ、音楽の先生に音楽勧めるって……」

「なに？」

「いや、よくできるなと」

琴音は、ふふっと笑ったあと、優に、今度聴いてみるよ、と言った。

「ねえ、いつかことちゃんにも家族ができたら、みんなで一緒にディズニー行きたいね」

優は琴音の方へ身を乗り出して言った。琴音は、いいね、と返事をした。

「ね、いいよね、すっごい楽しみ。夢だなあ」

と優は言った。


夫は駅のロータリーで車を停めた。

「すみません、ここでいいすか。改札、すぐそこなんで」

「はい、全然。ありがとうございます」

琴音は車を降り、夫は車のトランクから琴音のキャリーケースを出した。優が車を降りるとき、琴音がその手をとると、優は、ありがとう、でも大丈夫だよ、と微笑んで言った。車から降りると今度は優が琴音の手をとった。夫は琴音にキャリーケースを手渡した。

「ひろくん、先、車戻っててていいよ」

優が言った。

「なんで?」

「あたしたち、ちょっと話があるから」

夫は琴音に別れの挨拶を言うと、車に戻った。

「ねえ、約束して」優は両手で琴音の手を握ると言った。「Tから戻ったら、病院行って検査するって。それで結果がどうだったか、教えて。LINEでもいいから、ね?」

そのとき改札のほうから、男同士の野太い、罵り合うような怒号がした。琴音は後ろを振り返り、それから優へ向き直ると言った。

「ぜったい行かなきゃいけないの」

「え？」

「病院……」

「行ったほうがいいよ。検査キットとかもあるけど、あれ間違いも多いらしいよ。やっぱり病院だと、確実だし」

優は笑顔をみせた。

「ひとりで行くの」

「ううん、ひとりじゃなくていいんだよ。ふたりで来てる人もいるよ。明日、彼氏さんに言って、病院連れていってもらいなよ」

琴音が黙っていると、優は言った。

「ことちゃん、そっか。ひとりで行くの、怖かったんだ。遠距離だしね、心細いよね。まだ彼氏さんにも、言うの迷ってる感じ？　もしよかったら、あたし一緒に行こうか？　Tから帰ってきたら、ことちゃん家の近くの産婦人科探して、一緒に行かない？　ねえ、そうしようよ」

優は琴音の手のひらをぎゅっと握り、

「大丈夫だよ、怖くないから」

と言った。琴音は優に握られた自分の手を見下ろし、顔をあげると、涙目で優を見つめた。

「ちょっと、なんで黙ってるの」優は笑いながら琴音の手を振り立てるようにした。「ことちゃーん、しっかりしないと。自分のことだよ?」

「さっき、あの紙、目、見えるようにしてくださいって書いてあった」

「え?」

「優の目、見えるようにしてくださいって書いてあった」

琴音は言った。

「ああ……、太子の?」優は琴音から手を離した。「急に、なんの話かと思っちゃった。だって、いま——」

「気持ち悪いから」

「え?」

「言わないでいるの、気持ち悪いから」

優が口を開け、それを閉じると、

「最低でしょ」琴音は言った。「あたし、最低だよね」

「そんなことない」

優は首を振った。

「嫌いになったでしょ」

「そんなことないってば」優は笑って言った。「だって、ことちゃんの気持ち、わかるよ。うん、そっか、ごめんね。あたしが変なこと言ったから——」

「嫌いになってほしい」琴音は言った。「嫌いになってほしくて言った」

優がぽかんと口を開くと、
「今日はありがと。じゃあ……、元気でね」
琴音はキャリーケースの持ち手をつかむと駅へと歩き出した。改札の中へ入る前に立ち止まってロータリーを振り返ると、すでにそこに車はなかった。

車内は空いていた。座席に腰を下ろした琴音は両手でキャリーケースの持ち手を握りしめ、両膝を見下ろしていた。

S駅に着くと、駅前のドラッグストアに立ち寄った。商品棚の間をそぞろ歩きながら、カゴの中に赤ワインのボトル缶を二本、胃薬と頭痛薬を入れ、最後に化粧品の棚へ行ってネイルを二本入れた。一度レジ前の列に並んだが、抜けて再び店内を回ると、ある棚から妊娠検査薬をとり、カゴの中に入れた。

バスの待合はビルの三階にあった。会議室のような室内にテーブルとイス、粗雑な作りのソファが置いてある。ソファに腰掛けて室内を見渡すと二十人ほどがいた。琴音はキャリーケースを足元に倒して開け、かがみ込んでドラッグストアで買ったものをそこに入れた。それからトイレに入って二十分ほどこもった。待合に戻ると人は倍近くに増えていた。琴音は柱を背に立ち、向かいのソファで漫画を読み耽っている青年を見つめた。それからキャリーケースを開けてしゃがみこむとワインのボトル缶を二本とも取り出し、買ったネイルをひとつ、ショルダーバッグの中に入れた。

十時半に係員がやってくると、バスの乗客は彼につづいて次々と部屋を出ていった。琴音はキャリーケースを起こすと、それにつかまるようにしてよろよろと立ち上がった。部屋を出る際、彼女は自販機横のゴミ箱に空になったボトル缶ひとつと、未開封の妊娠検査薬を捨てていった。

母親が電話に出ると、ハッピーバースデートゥーユー、と琴音は歌い出した。途中で吹き出し、高笑いをすると、白い息が彼女の頬を撫でるように上った。

「プレゼント、送ったからね」琴音は言った。「今日届くと思うから。……もしもし？　うん、カシミヤのマフラーだよ。欲しいって言ってたでしょ。え、買ったの？　いつ？　そうなんだ。色は？　……それは、カシミヤ？　ちゃんとしたやつ？　えー、そうなんだ。でもいいじゃん、ふたつあったって。腐るもんじゃないし、使ってよ。地球儀と一緒だよ……、使ってよ。えー、寝てたの。そうなんだ、早いね、寝るの。……時間？　二時なの？　知らなかった。いま夜行バス乗ってるから。休憩に出てきたんだけど、時間見なかったから。でもお母さんの誕生日だと思って。

ちょっと、ねえ。家賃の話なんかしないでください。お母さん、今日、誕生日なんだよ？　誕生日になんで、家賃の話なんか……。虚しくならないの？　もっと楽しい話しようよ。……ない？　楽しい話、ないって？　なんでそんなこと言うの。あたしがこんなだから？　あたしのせい？　あーっそ、はいはい、あたしが悪いんだよね、はいはい、その通りです。

違うの、聞いて。あたし、話があって。うん、あのね、あたし……、仕事辞めようと思って。……ううん、急じゃないよ。ずっと考えてたことだよ。もう三十二だし、転職するなら最後のチャンスかなって。

うん、なんでもいいんだけど、事務とか。うん、やったことないけど。でも高校の時の友達、かっちゃんって子いたんだけど、その子、卒業してから事務やってるんだよ。すっごい変な子で、遅刻ばっかしてたし、ぼーっとしてて、勉強も全然できないような子なんだよ。そんな子でも事務やってるんだから、大丈夫だよ。あたしだって、できるよ。正社員になれたら、お母さんだって安心でしょ。休みだって、連休とか、ゴールデンウィークとかあって、旅行だって行けるよ。あたしと旅行に行きたいって、言ってたじゃん。……ね、だからあたし、他の仕事――」

琴音の言葉を遮るように母が話しだすと、琴音は口をつぐんだ。が、すぐに母の声を蹴散らすような大声で話しはじめた。

「もういい、もういい。もういいから、うるさい。うるさいよ……、黙って！　お母さんにあたしの気持ちなんかわかんないから。なんで……、もういいよ。もういい。でも知ってた？　あたしクリスマス嫌いなの。ずっと嫌いだった。むかしから。なんでかわかる？　お母さんの誕生日だから。お母さんにプレゼントあげなきゃいけないから。プレゼントあげないと、不機嫌になるでしょ。いっつもそう。なんであたしがプレゼントあげなきゃいけないの。なんで、お母さんなんかに！　あたしの欲しいものなんか、何ひとつ買ってくれなかったくせに！」

通話を切ると、琴音はスマホをポケットに入れて空を仰いだ。口から息を吐きながら指先で目尻を押さえると、前を向き、バスに向かって歩き出した。バスの乗降口のそばでは乗務員の男が寒そうに体を揺らしながら立っていた。琴音は男の前で立ち止まると、

「充電器、貸してください」

と言った。

「あーはい、アイフォンですか」

琴音は頷いた。

「お待ちくださいねー。あ、トイレ行きました？　行くなら、先、行ってもらっていいすよ」

琴音は答えなかった。男は運転席へ行くと琴音を振り返って見た。琴音は一点を見つめたまま立っていた。充電器を探しだして戻ってくると、男は琴音にそれを差し出した。

「お待たせしました。これですね、どうぞ」

琴音は男の手から充電器をひったくるようにとると、乗降口の階段を上っていった。そうして通路を進んでいったが、あるとき足を止めると、そのまま動かなくなった。

「あの」

後ろから乗客に声をかけられた琴音は肩を揺らし、また歩き出した。呆然とした顔で席につくと、うなだれるように頭を前に傾けた。

「すみませーん」

琴音が顔をあげると、彼女よりもずっと幼い顔をした、よく似た背格好の二人組が立ってい

る。

「たぶん、席、間違えてます。わたしたち、16Eです」

一人が言うと、琴音はゆっくりと立ち上がり、二人の間を割くように通路に立った。体を反転させると、琴音の肩先が一人の肩とぶつかった。

「あっ、すみませんっ」

琴音に肩を押された一人が言い、もう一人も真似するように、すみませんっ、と体を横にずらした。琴音は無言で後ろの席へ体を滑りこませると、腰を下ろした。二人組は顔を見合わせ、ひとりが手で口元を押さえると、ひとりがその腕をはたいた。ふたりが笑いを押し殺しながら席についたとき、琴音はきつく目をつむっていた。その右手は太ももの上で小さなタクトをとり、口端からはきれぎれのメロディが漏れでていた。

やがてバスが走り出した。車内の電気が全て消されると、琴音はスマホを充電器に繋ぎ、青白く光るそれに目を細めながらLINEを開いた。

〝かっちゃーん！　久しぶりー！　元気してる？〟

〝いま急に思い出したけど、かっちゃん三年の時、冬休みかっちゃんが作曲したの弾いてくれたじゃん。いまその曲が頭から離れなくて〟

〝あんまり覚えてないんだけど、変イ長調ぽい、ノクターンぽい曲。なんの曲かわかったら教えて〜。てか音源あったら欲しいな（ピンクのハートマーク）〟

〝てか今も事務やってるの〜？

あたしは仕事やめようと思ってるよ（泣き顔のマーク）

事務とか興味あるんだけど。事務って難しい？　大変？〟

〝てか今度会おうよ～。いろいろ話したい！（笑顔のマーク）〟

琴音はＬＩＮＥを送ったあとバッグからワインのボトル缶を取り出して一口飲むと、再びスマホを握った。

〝かっちゃんってまだキティ好きなの～？　クリスマスプレゼント！　どーぞ！〟

クリスマス仕様のハローキティのスタンプを加藤に送った後、琴音はスマホを肘掛けに置き、ワインのボトル缶に手を伸ばした。やがてそれを空にすると座席の網ポケットに捩《ね》じ込み、体を背もたれにぐりぐりと押しつけた。目を瞑って、うう、と唸ると、顔を窓に向けたまま眠った。

二時間後にバスはＡサービスエリアに到着した。座席の足元の青いネオンランプがつくと、これより十分間のトイレ休憩に入ります、という乗務員のささやき声が車内にわたった。前の席の二人組がもぞもぞと席を立って乗降口に向かって歩いていくところで、琴音は目を覚ました。寝返りを打つようにしてゆっくりと半身を起こし、顔にかかった髪を手ではらう。スマホをとって待受を見ると、加藤からＬＩＮＥがきていた。

〝ご連絡いただきありがとうございます。歳末の頃、日毎に寒さがつのってまいります今日この頃、いかがお過ごしでしょうか。

初めまして。私、加藤の妹の、加藤茜と申します。姉の代わりに、僭越ながらお返事差し上げております。

この度キティちゃんのラインスタンプを頂戴し、誠にありがとうございます。

唐突ではございますが、姉の加藤美咲は今年の十一月十九日に亡くなりました。四十九日が過ぎるまでは姉の携帯を私が管理し、ご連絡いただいた方々へ姉の代わりにご報告させていただいている次第です。（貴方様で三人目になります）

ご質問いただいた姉の作曲の件ですが、これではないかという見当があります。その話をさせていただきます。

姉が高校三年生の冬休みの時分、私はインフルエンザに罹っておりました。人生初めてのインフルエンザであり、一時は病院で点滴も打ったのですが、自宅に戻ってからは姉が看病をしてくれました。十二月二十八日は私の誕生日なのですが、その日も私は床に臥せっておりました。姉はアルバイトの休憩中に電話をくれ、誕生日ケーキは何がいいかと聞いてくれました。私はアイスが食べたいと答えました。夜になって姉はサーティワンのアイスケーキを携えて帰ってきました。蠟燭《ろうそく》をケーキに立てようとしたのですが、凍っており刺さらず、キリで穴を開けて刺しました。そのとき姉が言ったのです。帰り道に曲が浮かんだので、この曲が完成したら、私の誕生日プレゼントとして贈ってくれると。数日後、姉は曲を完成させ、聞かせてくれました。（その頃はまだ家にピアノがありました）姉に曲名をたずねると、考えておくと姉は言い、後日、「アイスネルワイゼン」と命名した旨を教えてくれました。（ツィゴイネルワイゼンをもじったものと思われますが、どうしてもじったのか、結局聞きそびれてしまいました）

おっしゃる通り、変イ長調の夜想曲です。姉が貴方様に披露した曲は、おそらくこれではないかと思われます。

音源をということですが、残念ながらありません。そういったものをこれまで残してこなかったのを後悔しております。曲によっては楽譜として残しているものもあり、おそらく「アイスネルワイゼン」もあると思われますが、まだ部屋の整理が終わっておらず、姉の私物が山積みになっている状態です。恐ろしいほどの量です。それに楽譜とは名ばかりで、姉が自分の演奏用に書いただけの、音符を用いた暗号文のようなものですので、私でさえ判読できるかわかりません。

しかし「アイスネルワイゼン」だけは、姉がよく演奏してくれた曲であり、(我が家のクリスマスソングのようなものでした)易しい曲ですので、実のところ私も弾けます。そこでこれは私の単なる思いつきですが、約日《やくじつ》、ピアノのある公民館などの一室を借り、私が「アイスネルワイゼン」を演奏するというのはいかがでしょうか。それまでに姉の楽譜を探し出し、清書しておきます。それを当日、貴方様にお渡しします。お時間はそれほど取らせません。

以上、失礼千万を承知の上で申し上げましたが、どうしてか私はいま、この突飛な思いつきを姉が喜んで聞いてくれているような気がしております。どうぞご検討のほど、よろしくお願い申し上げます。〟

二人組が戻ってきて席につくと、琴音は顔を上げた。一人がハンドタオルで頭と肩をふき、もう一人に手渡した。琴音は窓のカーテンの留め具を外し、顔を寄せると、隙間から外を覗き込んだ。二人はスマホを片手に、Tに着いてもまだ雨は降っているかどうかを小声で話し合っていたが、バスのエンジンがかかるとスマホを充電器にさし、話をやめた。マイクから、発車いたします、とささやく乗務員の声とともに車内は消灯した。二人が後ろへ倒したシートに身を預けたとき、琴音はカーテンと窓の間にもぐりこんで外を見ていた。窓に張り付いた雨粒が一つ二つと合わさって膨らみ、重さに耐えかねたものから下へとすべり落ちていった。結露で白く霞んだガラスの内側に、人差し指で「アイスネル」まで書いたあと、琴音はそれを手のひらで消した。彼女は冷えた窓ガラスにこめかみを強く押しあてた。すると肩を叩かれた。カーテンをめくって振り向くと、黒い人影がそばにあり、それは腰を屈めて琴音に近づくと言った。

「光、漏れるんで。閉めてください、カーテン」

琴音がカーテンを閉めると、影はしずかに離れていった。

バスは朝の六時過ぎにT駅に着いた。駅構内の広い柱廊にはベンチがいくつもあり、始発を待つ人たちがそこここに座っていた。琴音はそのうちの一つに腰掛けてキャリーケースを開けると、中からポーチを取り出した。回廊を歩き回ったのち、トイレに入った。洗面台にポーチを置いて歯を磨き、顔を洗い、化粧をし、表情のない自分の顔を見つめたあと、彼女はポーチをそのままにトイレを出た。

七時に駅構内のコンビニで琴音はペットボトルの水を買った。コンビニの前の通路には公衆電話が二台置かれていた。琴音はペットボトルを電話の横におくと、原田に電話をかけた。相手が出ると、琴音はくすくすと笑って言った。あたしだと思わなかったでしょ。ううん、と相手は言った。起こしちゃった？　ううん。いま、T駅にいるの。相手は答えなかった。ほんとだよ、バスで来たの、今から会える？　無理、と相手は即答した。話があって、大事な話。大事な話だから、会って話したい。話したら、すぐ帰るから。相手は答えなかった。もしもし、と琴音が言うと、うん、と相手は言った。じゃあ話さない、何も言わないから、会って、それでおしまいにする。最後に一回だけ、ね。あの喫茶店に行くから、役所の前の。そこで待ってるから。琴音は受話器を持ち替えてもう片方の耳にあてると、口早に言った。それか、ここで待ってる。来てくれたら、前に行った、ここからすぐのところあったじゃん、そこでお休みしてもいいし。ね、お金はあたしが出すし。なんでもしてあげる、ふふ。なんでも言って、と琴音は言った。相手が、ないよ、と言うと、琴音は首を振り、なんでもしてあげるから、と言った。相手が、ない、と繰り返すと、ひとつくらいあるでしょ、と琴音は言い、ない、と返ってくると、あるよ、絶対ある、考えてよ、なんでもいいんだから、と語気を荒げた。少しの間のあと、家、引っ越したから、と相手が言うと、琴音は受話器を叩きつけるように戻し、ペットボトルをそのままに停車場の方へと歩いていった。

路面電車に乗って十分ほどの停車場で降り、少し歩いた四辻にその店はあった。店内は細長く、片側の壁はガラス張りで街路に面している。そのなかで女店員がひとり立ち働いている。

店に入ると、ショパンの「子犬のワルツ」が流れていた。琴音は入口近くのカウンターテーブルにつき、ガラス越しに外をすかし見た。そこからは四辻と役所の門が見えた。人通りはほとんどなく、時折車が走り去るだけだったが、メニュー表のモーニングセットの内容に目をとおす間も、琴音はちらちらと外をうかがった。水を持ってきた店員にモーニングのBセットを頼むと、グリーグの「蝶々」が流れはじめた。琴音はナプキン立てからナプキンを一枚とると折りたたんで両目の目頭にあて、それを開いて鼻をかんだ。それからダウンコートを脱いで背もたれにかけた。

十分ほどしてBセットが運ばれてきた。琴音はそれを半分ほど食べ進めたあと、皿を脇に寄せた。琴音が街路を眺めていると、一組の男女が笑いながら店に入ってきた。店の奥で彼らに手を振る男を、琴音は横目に見、すぐに目を外に戻した。男女は彼のテーブルに合流し、彼らは口々にメリークリスマスと言い合った。琴音はショルダーバッグからネイルを取り出すと、左手の小指から塗り始めた。

右手の親指を塗っているところで、電話が鳴った。ゆあなの母親からだった。琴音が電話に出ると、母親は一息に言った。

「ごめんなさい、先生、おはようございます。私、市田ゆあなの母です。いま大丈夫ですか？」

琴音は遠い目を窓ガラスに向けると、どうしました、と言った。

「ごめんなさい、ごめんなさい。先生、こんな朝早く。わかってます、クリスマスの、これからプロポーズされるってときに。でも私、どうしても先生にご相談したくって」

「はい」

琴音はネイルブラシをボトルに戻した。

「発表会なんですけどね、私、やっぱりゆあなに出てもらおうと思うんです」

「えー……」

「違うんです、先生。私、言ったじゃないですか。発表会でゆあなに嫌な思い出作るくらいなら って。でもね、そのこと昨日、ママ友に言ったら、逆に発表会で挫折を覚えさせた方がいいって言われちゃって」

「はあ」

琴音はうつむき、ネイルを塗り終わった左手に顔を近づけた。

「それがのちのち、大人になってから逆境にめげない子になるらしいんです。私、確かにそうかもってなっちゃって。それにどうせ失敗するなら、クラスの子がいる学校より、そういう発表会の方が、知り合いもいないから良いって言われて、それもそうかもってなっちゃって」

「はい」

「それでいま、ゆあなのこと説得してるんですけどね、この子、まぁー、ガンコさんだから、ちっとも聞いてくれなくて。ちょっと一回、先生からお話ししてくれたら違うかもって、ごめんなさい。あっ、まだ発表会って参加、大丈夫ですよね？」

「お母さん」

琴音はあくびを嚙み殺すように頰をひきつらせた。

「今年中に希望出せば大丈夫でしょう？」

「お母さん、聞いてください」

「ごめんなさい、もう遅い？　だめ？」

「いいですか、よく聞いてください」

「はい、どうぞ、はい」

「ゆあなちゃんには、マンガの才能があります」

「えっ」

「この間見せてもらって、よくわかりました」

「あっ……、えっ、そうですか？」

「あの年であんなに描けるなんて、普通じゃないです」

「ほんとうに？　そんな……」

「なので発表会には出ずに、マンガを描いたらいいと思います」

「マンガ……、マンガを習うってこと？」

「そういうのに行かれたほうがいいです」

「マンガ教室みたいな？」

「私なんかに教わって、もたもたピアノ弾いてる場合じゃないですよ。楽譜も読めないのに」

「そんな……。先生、マンガ教室、ご存知なんですか？」

「知りません」

「そうですよね」

「探してください。どこかにあります」

「そうですか……」

「そうです」

「先生……」母親はコホコホと咳き込むと、かすれた声で言った。「ごめんなさい、クリスマスの、大事な日に」

「大丈夫です」

琴音は無表情に言った。

「ほんとうに私、どうしたらゆあなのためになるのかわからなくなっちゃって。いつもそうなんですけど。ただこの子が心配で、ちゃんと、ちゃんとっていうかね、一人でもしっかり生きていけるようになってほしいだけなんですけど――」

「お母さん。すいませんけど、いま彼氏と待ち合わせしてて」

「あっ、ごめんなさい、そうですよね。ごめんなさい先生、いまの話、とりあえず忘れてください」

「わかりました」

「またよろしくお願いします！　ごめんなさいほんとうに、それじゃあ、失礼しまーす」

「失礼します」

琴音はスマホをテーブルの上に置くと、スマホに向かって唾するように、ったく……、と言った。そしてまたネイルを塗っていった。

塗りおえて二十分ほど経ったとき、ひとりの男が店に入ってきた。琴音と一つ席を挟んだイスの背をひくと、男は脱いだコートを背もたれにかけた。琴音が男を見ると、男も琴音を見た。琴音は店員を呼び、コーヒーのおかわりを頼んだ。その時に琴音はもう一度男を見た。店員がカウンターの方へ下がっていくと、男はメニュー立てからメニュー表を抜き取ったが、そのスピードとタイミングのちぐはぐなためにメニュー立てが傾いてナプキン立てを押し倒した。ナプキンの束が二人の間に広がると、琴音はすぐにそれに手を伸ばした。そうしてナプキンを一つにまとめてとんとんと端を揃えると、起こしたナプキン立てにそれを戻した。

「んっ、すみません」

男は琴音の手に自分の手を重ねるように近づけて言った。二人は顔を見合わせ、琴音は微笑を浮かべると、いえいえ、と言った。男は再度、すみません、と軽く頭を下げた。琴音は目を伏せて口元だけで笑いかけ、消え入りそうな声で、いえいえ、と言った。

「先週は、ヨーゼフが来てたでしょう、行きました？」

店奥の三人組の、先に店にいた男が言った。

「ああ、Hホールでしたっけ。行きたかったんですけど、行けなかったです」

「いやー、よかったですよ」

「行かれたんですね。いいな」

女が言った。

「久しぶりに感動しました。やっぱり彼は天才だと思いました」

「へえー」

「一人で行かれたんですか？」

「うん、知人と」

「知人？」

「知人というか、……ハッハ」

「知人って」女は吹き出した。「タカさん、デートだったんだ」

「うーん……」

「タカさん、占い通りじゃないですか」

男が言った。

「占い？」

女が聞いた。

「今年から来年にかけて、出会いがあるって」

「いやあ」男は腕を組み、片手を頬にあてた。「どうせと思っていたんですけど」

「占いって何？　占ってもらったの？」

琴音は身を乗り出してしないを作ると、流し目に隣の男が持つメニュー表の角を見た。それからテーブルの上に揃えておいてある自分の指先を、息を詰めるような顔で見下ろした。

「すみません」

隣の男が声を発した。

「はいっ？」

琴音が体ごと男に振り向けると、男はカウンターにいる店員へ片手をあげているところだった。琴音は体を戻して顔をふせた。男は琴音をチラッと見た。

店員が男の注文を聞いている間に琴音はネイルをバッグにしまい、ダウンコートを片腕にかけた。琴音の席に回った店員がコーヒーカップに手を伸ばすのと同時に、体を反転した琴音は勢いよくカウンターチェアから降りた。琴音の腕が店員の持つコーヒーサーバーにぶつかると、波打ったコーヒーが琴音の胸元にかかった。

「あっつ！」

琴音が身を引いて凄まじい形相をすると、店員は声高に謝りながらキッチンの奥へと消えたが、すぐに大判のタオルを持って戻って来た。

「申し訳、あの、申し訳ありません」

店員が琴音の胸や腕をタオルで押さえると、琴音は店員からタオルを奪い、それを自分の胸に強く押し付けた。店内のざわめきが静まり、誰もが二人の挙動に目を注いでいた。琴音はタオルを店員に返すとレジスターに向かい、伝票をトレイの上に置いた。

「すみません。あの、クリーニング代、お支払いしますので」

店員は頭を下げながら言った。琴音は黙って伝票を指差し、財布から千円を取り出すとその上に置いた。

「あの、申し訳ないので、お代はいただきません」

震える声で店員が言うと、琴音は千円をサッと財布に戻し、キャリーケースの持ち手をつかむと外へ出た。しかし四辻まで歩いたところで突然きびすを返すと店へ戻ってきた。琴音は驚き顔の店員に言った。

「着替えあるんで。着替えたいんですけど」

店のトイレでキャリーケースを開くと、琴音は新しい下着とセーターに着替え、脱いだものを洗面台に置いた。キャリーケースの中から原田へのプレゼント、舞台衣装と楽譜の入った布袋を取り出すと、それも服の上にのせた。空になったキャリーケースを閉め、洗面台のフチに腰を押しつけると、天井を仰いで口を両手で覆った。目を瞑りながら体を小刻みに揺らし、数分間ほどそのままでいた。それから口をゆすぎ、鏡に顔を近づけてマスカラで汚れた下瞼を指先でこすった。洗面台に置いた諸々を脱いだセーターで一絡げにし、それを抱えてトイレを出ると、店員が琴音に駆け寄ってきて言った。

「申し訳ありませんでした。これ、クリーニング代です」店員は茶封筒と店の名刺を差し出して言った。「もし足りなかったら、これ、うちの番号です。足りない分、あの、お支払いしますので」

「いいです」

低声で言うと、琴音はわずかに頭を後ろへ引いた。

「そんな、私が悪いんです。受け取ってください」

「いらないんで」琴音は差し出されたものの上に、持っていた荷物を被せるようにして言った。「これ、捨ててもらっていいですか」

店員が荷物を受け取ると、琴音はキャリーケースを足元に引き寄せて出口へと向かった。

「あの……、いいんですか？　どうもすみませんでした」

店員は頭を下げて言った。店の前を通って四辻の赤信号で足をとめると、琴音はせせら笑うように鼻を鳴らし、

「いいわけないじゃん」

と呟《つぶや》いた。

辺りはすっかり白け、空は明るく澄んだ湖のようだった。

琴音は路面電車で駅に戻ると、停車場のベンチに腰掛けた。ダウンコートの前を合わせて首をすくめ、ポケットに両手を入れる。線路を挟んだ向かいの停車場にはジャージの上にダウンコートを羽織った青年が十数人、路面電車の来るのを待っていた。その列の後ろから一人の青年が前方へやってきた。彼はベンチに座る青年の肩に腕を回すと、耳打ちするように顔を近づけた。ベンチに座る彼は立ち上がり、その横に座っていた二人も立たせて脇へやった。腕を回していた彼は列の後方へ戻り、妊婦に声をかけた。妊婦は頭を下げながら青年たちの前を進んでいき、ベンチに腰掛けた。妊婦が晴れやかな顔を前に向けると、琴音は立ち上がり、キャリーケースを引きずるようにしてその場を離れた。

駅の柱廊を歩いていくと、行止まり手前にマクドナルドがあった。中に入ってレジカウンターの前へ進むと、店員が琴音にあいさつをした。ビッグマックください、と琴音はうわ言のように言った。店員が前のめりになって聞き返すと、

「ビッグマック」

と琴音は繰り返した。

「ビッグマック……、ビッグマックですか？　すみません、ビッグマックは、十時半からの販売になってますね」

琴音が、ああ、と声を漏らすと、すみません、と店員は言った。琴音は「アップルジュース」の表記を指差し、

「Sで」

と言った。

二階のカウンター席からは駅の一部が見えた。紙コップを持つ琴音は病み呆けたような顔で駅に出入りする人たちを見ていた。後ろのボックス席では中学生くらいの女子が三人、かまびすしく話している。琴音が紙カップをトレイに置くと、スマホの待受が光った。斎藤からのLINEの通知だった。琴音はLINEを確認すると、慌てたように電話をかけた。

「あっ、もしもーし、お久しぶりです。いま大丈夫ですか？　すいませーん。はいっ？　うふっ、もちろん、覚えてますよお。あじさい、キレイでしたよねー、ふふふっ。なんか最近忙しくって、ほんと私、誰とも連絡とってなくて。そうなんですよお。はいっ？　みなさん、横浜

で？　森口さんと、あーっ、谷さん！　えー、行きたいです。何時ですか？　六時……、いけるかなー。いまTにいるんですよ、そう。はいっ？　ああ、仕事です仕事です。でももう終わって、これから帰ろうかなーって、でも予定もないし、どうしよっかなーって……」

琴音の声が甲高くなっていくと、張り合うように後ろの三人の笑声も大きくなっていった。

琴音は片手で空いた耳を塞ぎながら大声で言った。

「えー、でもそれ行きたいです。絶対行く。楽しそう。うん、今からそっち向かいます。うふ、大丈夫です。はーい、みなさんによろしくお伝えくださーい。またLINEします、はーい、うふっ、はーい」

琴音が電話を切ると、後ろの三人は各々大きなバッグを肩にかけ、トレイを返却口に下げに行った。琴音がスマホで新幹線の乗車券を探しているあいだに三人は階段を降りていった。十時半発の乗車券の購入手続きを終えると、琴音はトレイを返却口に下げた。三人組の座っていたボックス席を通りかかったとき、ソファベンチの奥に小さなショルダーバッグが転がっているのを琴音は見た。彼女はそれを手に取ると一階へ降りていった。出入口から駅への道筋を見やると、ちょうど向こうから三人組が駆け足でやってくるところだった。琴音は彼女たちにバッグを掲げてみせた。両肩にボストンバッグを下げた一人が、

「私のです、ありがとうございます！」

と息せきながら言った。残りの二人も両肩の荷物を持ち直しながら、ありがとうございます、と頭を下げた。琴音は彼女らににっこりと笑いかけると、

「いえいえ、よかったです」

と言った。それから三人のバッグの持ち手に下がったマスコット——手のひら程の大きさの、マイメロディ、ポムポムプリン、ハンギョドンだった——に目を走らせると、怪訝《けげん》そうにわずかに首をひねった。三人はぺこぺこと頭を下げたあと、各々の荷物をぶつけ合いながら横並びに駅へと歩いていった。

「拾ってくれたのが、いい人でよかったよ」

と一人が言い、

「それなー」

と一人が頷いて言う、そのうしろ姿を、琴音は出入口に突っ立ったまま見つめていた。やがて彼女らが人混みに紛れて見えなくなると、店に戻った。

二階からキャリーケースを持ち上げながら階段を降り、店を出ると、十時を少し回ったところだった。駅の大柱のそばのベンチに腰掛けた彼女は、力尽きたように背を丸めた。そこからは柔い光の降り注ぐロータリーが見えた。琴音は静かな目でそれらを眺めていたが、やがてはっとしたように背筋を伸ばすと、バッグからスマホを取り出して電話をかけた。

「すいませーん。カットとカラーの予約をお願いします。会員ナンバーが……の、田口です」

そのとき踏切の遮断機の降りる音があたりに響き渡った。琴音は立ち上がり、ロータリーへ歩み出ながら、

「トリートメントって、いくらでしたっけ」と声を張り上げた。「六千円？　そんなにするん

でしたっけ。……うん、はい、じゃあトリートメントもつけてください」

琴音は肩にかかる髪を指で挟むと、毛先を凝視しながら言った。

「篠崎さんで。一時って、空いてます？　よかった、じゃあ一時で。ちなみに何時くらいまでかかります？　最低でも四時には出たいんですけど。三時半？　じゃあ大丈夫です。はーい、お願いしまーす。あっ、ちなみにちなみに、カットカラートリートメントじゃないですか、トータルいくらですか？」

電話を切った琴音がスマホに向かって、二万……、とひとりごちると、琴音の足元から一羽の鳩が遠くへ飛びたっていった。

琴音は再びスマホを耳にあてながら、片手の指を折ったり開いたりした。あれもらっておくんだった……、とつぶやくと、ゆあなの母親が電話にでた。琴音は嬉し顔で声を弾ませ、

「あっ、すいませーん、田口です。お母さん、いまお電話――、はいっ？　ああ、いいんです、いいんです。私もさっきはすいません、ちゃんとお話聞いてあげられなくって……、えっ？マンガ教室行きたいって？　えー、よかったじゃないですか。ゆあなちゃん、絶対そっちの才能ありますもん。ふふっ、頑張ってください。ゆあなちゃんなら絶対大丈夫ですから、ってゆあなちゃんにも言っといてください、ふふふっ。それでお母さん、じつはお願いがありまして、はい。いつも月末に振り込んでもらってるお月謝あるじゃないですか。あれですね、すいませんけど、今日振り込んでもらうことって……、大丈夫です？　大丈夫です？　ああ、よかった。じつは家の都合で急にお金が入り用になってしまって。そうなんですよー。助かります。いいえ

っ、今日中ならいつでも、ああ、でもお昼くらいにいただけると、一番いいんですけど……、大丈夫です？　すいませーん、ありがとうございます！　はいっ？　ああ、その話は来年、うん、また来年します……。お母さんすいません、いま駅にいて、新幹線の時間が……、そうなんですよー。じゃあお月謝、お待ちしてますね。よろしくお願いしまーす。ありがとうございまーす。失礼しまーす、はーいっ」

電話を切った琴音は笑みを浮かべ、スマホに向かって意気込むように、よしっ、とつぶやいた。そして自分を包む陽光に向かって顔をあげ、目を細めながらスマホをポケットに入れた。穏やかな冷風が琴音の髪を撫でると、彼女は振り返り、ベンチのそばに置いたままのキャリーケースを見やった。足早に戻るとキャリーケースの持ち手をつかみ、「アイスネルワイゼン」を鼻歌に歩き出した。が、すぐに立ち止まった。彼女は目を見開き、体を震わせながら息を吐くと、そのまま頼りなくキャリーケースにもたれた。

県外からの旅客である山脇夫妻は、改札を出ると、広々とした駅の構内を見まわした。彼らが琴音に声をかけたとき、彼女はキャリーケースを抱き抱えるようにして地面にへたり込んでいた。

「立ち上がれる？」

妻が琴音の背中をさすりながら言うと、彼女は首を振り、キャリーケースを力無く叩いて言った。

「これ、これが……、重たくて」

妻は顔を近づけて聞き返した。

「もう、持てません」

琴音は声をひしゃげて言った。

妻がキャリーケースの持ち手に手をかけると、それは軽やかな動きで琴音の腕を離れた。妻は不思議そうな顔を夫に向けた。

琴音は両手を地面についた。ふかく頭を落とすと、垂れた髪がその手を隠した。ロータリーから射す光の束が、彼らのすぐそばを照らしはじめていた。

「これが、重たいの?」

妻がたずねると、琴音は声をあげて泣き崩れた。

アキちゃん

わたしはアキちゃんが嫌いだった。大嫌いだった。当時は大嫌いという言葉ではおさまりきらないものがあった。それは憎しみにちかかったかもしれない。いや、ほとんど憎しみだった。わたしはアキちゃんを憎んでいた。まいにち学校で顔を突き合わせれば憎み、家に帰ってからもうじうじと憎みつづけた。ベッドについてからも憎しみの果てに意識をなくし、翌朝、目をさましたときにはもう憎んでいた。

アキちゃんと同じクラスになった小学五年の一年間は毎日のようにアキちゃんを憎んでいた。わたしのこれまでの人生において、これほど真剣に誰かを憎んだことはない。おそらくこれからもないだろう。わたしはアキちゃんを憎みつづけたおかげで、いまでもアキちゃんのことが忘れられない、というよりもアキちゃんがヘドロのように胸底に沈殿しているおかげで、アキちゃんのような人に出っくわすと、虫唾《むしず》がはしり、いてもたってもいられず、脱兎の勢いで逃げ出す体になってしまっている。

　アキちゃんを知り尽くすわたしはアキちゃんを知らない人に教えてあげることもできる。気をつけて、アキちゃんがそこにいるから、身を隠しなさい。それから逃げなさい、できるだけ遠くへ、見つからないようにね。たったそれだけで、いったいどのくらいの人が救われることだろう。

　見ようによっては、これはひとつの効能といえるのかもしれない。アキちゃんは憂《う》き世のつらさを教えるために、手取り足取りわたしを教育してくれたのだと考えることもできる。けれどもそのスパルタ教育によって失われたものもある。そしてそれはとりかえしのつかないほど大切なものだったりもするのだ。
　十、十一歳といえば、木にたとえれば、ちょうど若木が花を咲かそうと丸く大きなつぼみを枝々にぶらさげているころだ。アキちゃんはそんないじましい枝を、目についたものからポキポキへし折っていくのに快感をおぼえるようなコだった。実際にアキちゃんは毎年、校庭の桜が花盛りになると、その枝をこっそり手折っては家に持ち帰っていたし、片っ端からむしったツバキの花をじぶんの髪や名札にさすことが好きだった。わたしはそんなアキちゃんに折られ、むしられたひとりだ。くりかえすが、わたしは当時たった十、十一の、心からわかりあえる親友さえいればあとはなにもいらないと思っているような女の子だったのだ。
　わたしはいまでも、ランドセルを背負った十、十一頃の女の子が二三人下校しているすがたを見ると、そこにアキちゃんが混ざっていないか目を走らせる。（いまだかつて見たことはない）それから彼らの背中を見送りつつ、どうかこの子たちがこの先アキちゃんと関わることがありませんようにと祈る。もしもアキちゃんと関わってしまったならさいご、彼らはわたしのようになってしまう。痛めつけられ、憎しみに身を燃やし、苦悩しつくしたのち、心から誰かを信じることのできない、そんな人間になってしまう。誰だって彼らをそんなふうにしたくはないだろう。

人を憎んだことのあるひとならわかってもらえると思うが、人を憎むということは、ほとほと疲れ果てることなのだ。

それは火柱を遠くからながめることではなく、自らを燃やして火柱をつくることなのだ。燃料さえも自足しなければならず、そうしなければほんとうに憎しみ抜くことはできない。こんなに邪魔くさく、気の滅入るものはないだろう。憎しみはつねに憎む対象への情熱をためしている。そして習慣的に人を憎んだことのあるひとならわかってもらえると思うが、ほとほと疲れ果てる憎しみを習慣にしだすと、憎しみの根本である怒りや悲しみはもはや怒りや悲しみではなくなってしまう。それは虚無になりさがるのだ。

わたしは当時、クラスで「親友」とみなされていたアキちゃんのことを心底憎んでいた。けれども自らアキちゃんから離れようとはしなかった。その原因はおそらくここにあって、わたしはしじゅうアキちゃんを憎んでいたが、そのいっぽうで憎しみの強すぎるあまり、心ここにあらずの、よくよく分別がつかないような状態でもあった。（かといって不感症というわけでもなく、苦悩は苦悩としてあったのだが）わたしは次第に現実から目をそらすようになった。

そうしてアキちゃんを憎みながらもアキちゃんのそばを離れず、それが喜びであるかのようにふるまい、またじぶんでもそう思い込んでいたのだった。

このような二面性は、当時、わたしだけではなくアキちゃんにもあった。もっともアキちゃんの場合、それはわたしのよりずっと単純で意識的な内弁慶にすぎなかったのだけれど。

アキちゃんのクラスでの振る舞いを一言で言えば、いやらしい、ということだった。上下関係のいっさいを把握したアキちゃんは、上のものには媚《こ》びへつらい、下のものには横柄《おうへい》にいばりたおした。当時のアキちゃんの鋭敏な立ち回り、かいがいしさとずるがしこさ、太鼓持ちとしての腕前などは、いまでも見上げたものだと思っている。

たとえばあるとき、クラスで「やっかさん」と皆からしたわれている、丈高《たけだか》の大人びた女の子が、体育の授業中、アキちゃんの体操服からのびるひょろりとした足を見て、

「いいなぁ、アキちゃんは痩せてて。あたしなんかこんなに足が太くて、いやになっちゃう」

とぼやいたときのことだ。実際やっかさんの足はたしかにアキちゃんの倍近く太かったのだが、アキちゃんは目をひんむいてぶんぶんと腕をふると、

「やだぁ、やっかさんのほうが、全然痩せてるよぉ」と声をはりあげ、「やっかさんがデブだったら、アキなんか、アレだよ、カイジュウだよぉ」と言った。わたしはその場でアキちゃんの言葉がのみこめず、家に帰ってからようやく、「カイジュウ」とは「怪獣」のことかとひらめいた。町じゅうを平気で踏みつぶし、人の生活をおびやかす怪獣とは言い得て妙と感心したが、マスコット的でどこか可愛らしいような気もし、わたしに言わせれば、もっと得体のしれ

ない、「悪霊」くらいがアキちゃんにはふさわしく思えた。

アキちゃんは常にじぶんの立場を意識し、じぶんの保身のためならどんな鼻白むような嘘でもいけしゃあしゃあと言ってのけるコだった。アキちゃんはその場そのときで巧みに偽善者となることによってじぶんの株をあげることに腐心し、男子のからかいぐらいでは笑顔を崩さないたくましさがありながら、クラスの女子の権力者たちのまえでは男子にいじめられたと瞬時に涙ぐんでみせるようなコだった。女子たちはまんまと騙され、アキちゃんをか弱いコとして寵愛《ちょうあい》した。だから男子がアキちゃんをいじめることは簡単には許されなかった。アキちゃんのほうでも「やぁねぇ、男子って」と彼女らと同調することによって、じぶんを彼女らの忠実なシモベと印象付けた。そして歯の浮くようなおべっかをふりまくことにより、彼女らに「アキちゃんはあたしが守ってあげるからね」と口々に言わせた。

そのくせ、——これが、アキちゃんが偽善者たるゆえんなのだが——わたしのようなクラスから疎《うと》まれているものに対しては、アキちゃんは心憎いほど辛辣《しんらつ》な暴君となるのだった。アキちゃんはそのじつ、じぶんのカリンとした小鹿のような手足に絶対的な自信をもっていたにもかかわらず、皆の前ではそれを隠していた。そしてわたしと二人きりになるや誇り顔になり、わたしの体のどこかをつまみあげては、いたい、と顔を歪めるわたしにむかって、

「アンタさぁ、ダイエットしなさいよ。見てみな、この肉」

と言うのだった。

アキちゃんはクラスの内と外ではなにもかもあべこべだった。

わたしの呼び方までちがった。クラスのなかではアキちゃんはわたしを皆とおなじく「ミッカー」とあだ名で呼ぶのが、放課後の二人きりになった瞬間から、わたしのことを「アンタ」とか「オマエ」などと呼ぶのだった。いつだったか、ちいさな反抗として、アキちゃんの「アンタ」にふり向かなかったことがある。

「アンタさぁ、さっきからアキが呼んでるのに、なんでシカトするのよ」

「わたしは、アンタって名前じゃないもん」

わたしは言った。このとき、どうしてこんな思い切った態度がとれたのだろうか。睡眠不足であたまが朦朧《もうろう》としていたのだろうか。日夜ふかまるアキちゃんへの憎しみのせいで、わたしはしばしば眠ることを忘れがちだったのだ。アキちゃんもわたしを不審に思ったのだろう。わたしの耳をぐいとひっぱり上げると、その耳元に、つんざくような声で、

「アンタ、アンタ、アンタ、アンタ、アンタ、アンタ……」

と叫んだのだった。


当時、アキちゃんに耐え、アキちゃんを憎むことがわたしの日常であったならば、アキちゃんの日常はわたしを断罪することだったといえるだろう。それは徹底的な断罪、不断な、仮借《かしやく》ない、悪夢のようなものだった。

五年生の夏のあるとき、クラスで席替えがあった。それは公平を期すためにいつもくじ引きで行われるのだったが、因果にもわたしはアキちゃんと隣同士になってしまった。それまでは

ずっと離れた席にしかならなかったわたし達が、机を寄せ合って座ることになった。わたしは授業中だけは保たれていたささやかな平安を根こそぎ奪われるかたちとなり、卒倒しかけたほどだった。

アキちゃんにとっては、わたしのしつけがやりやすくなって喜ばしかっただろうか。それともじぶんをいらだたせる生き物が隣にいることで、気が立つばかりだったろうか。

というのもなぜかそのころから、アキちゃんはわたしにむかっ腹を立てることが多くなったのだ。その都度の理由はいまとなっては――あまりにくだらないからだろう――なにも思いだせないが、とにかくアキちゃんはわたしのちょっとした振る舞いにとつぜん怒りだすと、カン高い声で責めたてた。その罵倒のために、わたしはよく人気ない階段の踊り場に連れ出されたものだった。それがすむと、今度は人が変わったような冷血さでわたしの存在を一切無視するのだ。

教室で隣り合った机はその仕上げとしてあり、いつもはぴたりとくっつけているはずの二つの机のうち、アキちゃんはじぶんの机をわたしの机と触れあわないように離した。その隙間が何センチあるかがアキちゃんの機嫌のバロメーターとなっていて、距離があればあるほどアキちゃんの怒りもまたややこしく根深いのだった。わたしはその隙間をみつめながら、アキちゃんの出方とじぶんの取り入り方を思案するとともに、夜にベッドのなかで燃え上がることになるだろう憎しみの炎がしずかに発火するのを感じた。

あるとき、同じ班の、前の席だった男子がわたし達の机の不自然さに気づいたことがあった。

クリリンと呼ばれる彼は、いがぐり頭の野球少年かつロマンチストであり、大きな目をキョトキョト見開いて常に話し相手をさがしているようなコだった。（ある掃除の時間、そこらじゅうの女子をあつめた輪のなかで箒《ほうき》を振りかざしながら、前日の夜に庭で素振りをしていたら流れ星を見たという話を、ツバを飛ばしながら熱弁する彼のすがたをわたしは覚えている。）

ロマンチストなぶんだけ多少キザな彼は、ふだんは一人前の紳士を気取るいっぽう、じぶんの美学や正義感にたいしては頑《かたく》なところがあった。

あるとき、アキちゃんの机が縦の整列からおおきくはみ出していることに気づいたクリリンは、アキちゃんの机を戻そうと、つまりアキちゃんの机とわたしの机をくっつけようとして手をのばした。

「さわんないでよ」

とクリリンの手をアキちゃんがはたくと、クリリンは憮然として、何も言わなかったものの、そのときからふたりの冷戦がはじまったのだった。

うわさによれば盗塁の才があるらしいクリリンはアキちゃんが席を外す隙をみて、わたし達の机にたびたび手をかけるようになった。最初のころ、アキちゃんはクリリンの整えた机を黙って引きはなしていたが、クリリンの抜け目なさにとうとう堪忍できなくなったのか、あるとき前席につくクリリンの服をぐいとひっぱると、

「おい、机くっつけてるの、おまえだろ」

と低声ですごんだ。

「なんのこと」クリリンはそらとぼけて言った。

「とぼけんじゃねぇよ。知ってんだよ、こっちはよ。アキの机に勝手にさわんな」

アキちゃんの口汚い言葉がクリリンの美学に反したのか、彼は立ちあがり、さげすんだ目でアキちゃんを見ると、

「だいたいさ、なんで机を離す必要があるんだよ」

と言った。そう言われればそれはもっともなことで、アキちゃんは言葉につまった。しかし何かを言わなければなるまい、とわたしは思った。まさかわたしをしつけるためだと告白するわけにもいくまい、どうする、どうする、とわたしはドキドキしながら二人を横見していた。

しかし次の瞬間、

「これは、あれよ。おまじないなの」とアキちゃんは言った。「このおまじないをするときにはね、隣のコと机をくっつけちゃいけないの。クリリンが机をくっつけるから、アキのおまじないがいつも台無しだよ。アキの願いが叶わなくなっちゃうんだから。もう勝手にさわらないで、わかった？」

クリリンはきょとんとした顔でアキちゃんを見つめかえしていたが、失笑やふかく問いただすこともなく、ふぅん、とつぶやくや、そのまま大人しく席についた。どうやら「おまじない」という言葉がちいさなロマンチストの琴線《きんせん》に触れたらしかった。当時おまじないといえば、それはすべて恋の成就を願うことを意味していた。（うわさによれば、クリリンは五年生になってからすでに三人の女の子に告白をすませていた。）

クリリンはそれから、私たちの机になにも言わなくなったどころか、「おまじない」の具合をたしかめるように、ふたつの机のすき間にそわそわとした、熱っぽい視線をおくるようになった。

もちろんアキちゃんの発言はすべて口からでまかせにすぎなかったのだが、その言葉はクリリンだけでなく、わたしにとっても大きな示唆《しさ》をあたえた。

わたしには「まじない」という言葉がなにか、重くふさいだじぶんの未来をパッと明るくするような魔法のことばに思えたのだった。

まじない、マジナイ、呪《まじな》い……。その言葉は流星のごとくわたしの胸をかすめ、高鳴らせた。そうか、呪い、その手があったのか……。わたしはポンと膝を打つと、つぎの昼休みにさっそく、バッチャンに会いに行くことにした。

バッチャンというあだ名のもともとは、坂内《バンナイ》をもじった、「バンチャン」だったのが、彼女の風体——ひとつにしばった髪は後れ毛がちらかり、どっしりとした体つきに、浅黒い顔に豆粒のような目、うすい困り眉、すぼめているようにみえるとんがった口元からは妙にしゃがれた声がでた——がまるで生活苦から身なりをかまわなくなった年増女のようにみえることから、次第にバンチャンではなく、バッチャンと呼ばれるようになった。

バッチャンとわたしは四年生の時に同じクラスだった。その一年間、わたしはほとんどバッチャンのひっつき虫だった。バッチャンには他の能天気な子供たちとはちがう、泰然としながらも背後でぬか雨が降っているような陰気な雰囲気があり、その存在感に、当時わたしは強いシンパシーを感じていた。

もっともバッチャンにしてもそれはおなじだったようで、淡々としたコではあったけれど、わたしには少しばかり心を開いてくれているようでもあった。

バッチャンはじぶんの秘密をひとつ、わたしに打ち明けてくれたことがあった。

あるときふたりで下校中、わたしの愛読書であった、「学校の怪談」の話をしているときだった。（トイレの花子さん、口裂け女、首なしライダー、ワラ人形に釘を打ちつける女……、その頃、わたしはそんなものたちにぞっこんだった）わたしの話をだまって聞いていたバッチャンは突然立ち止まり、うつむいて口をとがらせると、

「あたしまだ、誰にも言ったことがないんだけど」

と言った。

「ミッカーが信じてくれるか、わからないけど」

「信じるよ」

わたしが言うと、バッチャンは顔をあげ、あたりに人がいないか見回したあと、つきでた唇にシワを寄せながら、

「あたしときどき、幽霊が見えるんだよ」

と言ったのだった。

昼休みになり、隣のクラスにいるはずのバッチャンがいないため、校庭にでて探しあるくと、ジャングルジムでバッチャンを見つけた。

バッチャンはジャングルジムのてっぺんに座っていた。わたしもジャングルジムをのぼっていき、地蔵のようにじっとしているバッチャンの横に腰をおろした。

おもえばアキちゃんに囚われてからというもの、バッチャンとこうして向かいあうことは絶えて久しかったわけだが、バッチャンは夢うつつのような顔で、ひさしぶり、と言っただけだった。わたしが、どうしてこんなところで座っているのかと聞くと、人数合わせに連れてこられたドッチボールがいやでこっそり逃げ出してきたのだという。見れば、グラウンドではキイキイと猿のごとく奇声をあげながらボールを投げかわす一団がある。バッチャンはそれから背をむけるようにして座っていた。そこからは校庭の奥にあるプールがみえた。

わたしはアキちゃんにトイレに行ってくるといって出てきた手前、そわそわと落ち着かず、すぐに本題にはいった。

「バッチャン、まえにさ、男の人がみえるって言ってたじゃん」

「ワタルさんのことね」

バッチャンは頷《うなず》いて言った。

ワタルさんというのは、バッチャンの家の前にひかれた道路のマンホールの蓋のうえに時々立っている男のことで、その男は青いつなぎの作業服を着ているのだが、あたまから垂れ流した血のせいでほとんど紫に変色している。血みどろの顔は高床式プレハブ小屋のようなバッチャンの家を見上げ、口をひき結んだまま突っ立っている。彼はある日、バッチャンが目の前を通りすぎようとしたとき、前に立ちふさがると、唐突にじぶんの名を名乗ったのだという。

「ワタルさんさぁ……、元気？」

わたしが聞くと、バッチャンは首をふった。

バッチャンによれば、ワタルさんはここ最近、やたらと腕や足や首やらを折っているそうだ。ワタルさんの立つマンホールの蓋がときどき抜けることがあるらしく、ワタルさんはそのたびに落っこちて腕や足や首やらを折り、あらぬほうへひん曲がったそれをそのままにぶらぶらさせているそうなのである。

「マンホールって、危険なんだよ」バッチャンは顔をしかめて言った。「だからあたしは絶対、マンホールを踏まないようにしてる。いつ抜けるかわかんないからね」

わたしはバッチャンにあわせてうなずいてみせたが、そもそもわたしの知りたかったことはワタルさんの容体やマンホールの危険さではなかった。あのさ、とわたしは切り出した。

「まえにバッチャン、幽霊にあったときの呪文があるって言ってたでしょ。それを言ったら、幽霊が消えるってやつ。あれってさ、幽霊じゃなくても効くのかな」

わたしはかつてバッチャンから、道端で幽霊に遭遇したさいに唱える呪文があることを聞いていたのだ。前のめりになるわたしをバッチャンはうつろな目で見やると、たとえば、と言った。

「たとえば、人間とか」わたしは言った。「いや、人間っていっても、ふつうの人間じゃないよ。すごく悪い人間。悪霊みたいな人間」

「わかんないな。やったことないから」バッチャンは考え込むようにしてプールのほうに目線をうつした。「たぶん、消えたりはしないと思うけど」

「消えたりしなくてもさ、元気がなくなったり、嫌なことがあったり、しないかな」

「わかんないよ。やったことないから」

「じゃあ、あたし、ちょっとやってみるからさ、その呪文教えてよ」

わたしはバッチャンから呪文を教わると、それを何度も復誦《ふくしょう》した。するとたちまち活力が体じゅうにあふれかえるようだった。

「ほんとうはもっと長いんだけどね、これ。うちに本があるけど、あれはお母さんのだからなぁ」

そう言ってバッチャンは残念そうに微笑んだ。

とにかく目的をはたしたわたしは、さっそくとある人物で呪いの効能をたしかめようと思い、バッチャンに礼を言い、ジャングルジムを降りていくと、ちょうど目的の人物の声がグラウンドから聞こえてくる。見れば、アキちゃんがタナさんと腕を組みながらこちらへ歩いてくる。

「あんた、トイレに行ってるっていったじゃん。アキ、トイレの前でずっと待ってたんだけど」

どしどしと怒気をはらんで近づいてくるアキちゃんに、わたしは、ご、ごめん、と声がうわずった。

「ウソついてたんだ。信じらんない。最悪。もういいよ、うちらで遊ぶから。行こう、タナさん」

アキちゃんはタナさんの腕を引き寄せて方向転換すると、スタスタと鉄棒のほうへすすんでいった。呆然とふたりの背中を見送っていると、タナさんが首をひねってこちらを見返った。気弱なうすら笑いをうかべたタナさんは、空いているほうの手をパタパタとちいさくふり、こっちへおいで、と手招きした。わたしはタナさんの気遣いにうれしくなり、二人のもとへかけだした。けれどそのとき、アキちゃんが背伸びをしながら長身のタナさんの耳元になにかをささやいたのが見えた。それはわたしの悪口にちがいなかった。アキちゃんはタナさんの目をじぶんへ向けさせると、空いているほうの手の人差し指でこめかみに円をかき、それをパッと花開くようにほどいた。そのサインの意味はすぐにわかった。わたしは足をとめ、遠ざかるふたりを見送った。タナさんの表情は見えなかったが、どうかきつく顔をしかめていてほしいとわたしは念じた。

アキちゃんはその年にして、大人がおもわず眉をひそめるような差別用語をいくつも知っているようなコだった。そしてアキちゃんはたびたび、そんな卑語《ひご》にわたしを当てはめては喜んだ。あるいは言葉ではなくても、中指を立てたり親指を下に向けたりして、わたしをおどした。最初のころ、わたしはアキちゃんのそんな言葉やポーズをうまくのみこめずにぽかんとしていたのだったが、小学五年の秋ともなれば、すべてを熟知していた。

わたしはじぶんの体が怒りでぶるぶると震えるのがわかった。アキちゃんの背中を見つめながら、いましがた習ったばかりの呪文を三回ほどくりかえすと、踵《きびす》をかえし、もう一度ジャングルジムにのぼった。そしてふたたびバッチャンに向きあい、

「ワラ人形ってさぁ、あれ、ほんとうに効くのかな」

と聞くと、

「わかんないよ。やったことないから」

とバッチャンは答えた。

「お母さんも、やったことないかな」

「ええっ……、しらないよ」

バッチャンは困ったように上唇をつきだした。

休み時間がおわると、わたし達は各々のクラスにもどった。別れ際にもバッチャンは、

「マンホールには、気をつけるんだよ」

くれぐれも、といった調子で言った。


子供というものは総じて迷信深いものだが、問題はいつから迷信を迷信とし、現実的な眼（のようなもの）を持つか（あるいは持った気になるか）ということで、わたしはそれが人よりもよっぽど遅かったらしい。

その頃のわたしはさすがにサンタクロースが誰かとは思い悩まなかったものの、まじないや言い伝え、怪談などのいわゆる非科学的なものにはつよく関心があった。というよりも、漫然

と、いま眼の前にある現実というものは結局のところ、眼に見えない、神秘的なものの表象にすぎないのではないかと思っていた。

この世ではあやつり人形の糸のようなものが綿密にはりめぐらされていて、バッチャンのような人にはそれが見えるし、見えない人にはそのカラクリがわからない……、そう考えることによって、世界を単純化し、まるごと手中に収めることができるような気がしていたのだった。「眼に見えないもの」を把握し使いこなせるようになれば、現実を意のままに変えられ、苦悩のない生活を手に入れることができる……、わたしはそんなふうに信じていた。だからいつも「眼に見えないもの」への情報に飢えていた。そしてバッチャンはその道に通じ、わたしを啓蒙してくれる貴重な人物だった。

呪文を教わったつぎの日、バッチャンは休み時間にわたしに会いにきた。そのとき、アキちゃんはついてこなかった。アキちゃんだけではなく誰も彼も、バッチャンという特異な存在にはどこかひるむところがあり、気軽に近づこうとはしないのだった。

「きのうの話だけどさ」

とバッチャンは言い、わたし達は廊下の窓に身をもたせるようにして、陽光の射した互いの顔を見合った。

「あたし、お母さんに聞いてみたんだ」

「えっ、なにが」

「ほら……。ワラ人形のことだよ」

バッチャンが声をひそめて言うと、それは何とも霊妙なひびきに聞こえた。

「あたし、お母さんに言ったんだ。きのう、ミッカーとしゃべったこと。そしたら、やめたほうが良いよって」

「えっ、なにを」

「だから、ワラ人形だよ。そんなことしたら、重いカルマを背負わなくちゃいけなくなるんだよ？　ミッカーがさ」

バッチャンは口先をとがらせて言った。

わたしはこのとき、はじめてバッチャンから「カルマ」ということばの教示をあおいだ。窓から射す白光はバッチャンの乱れた髪をこうごうしく輝かせていた。


どうやらあのときのバッチャンの後光が、わたしをすっかり改心させてしまったようだった。

わたしはたちまち「カルマ」の法則の虜《とりこ》となった。わたしのこころは絶対的真理を手に入れたよろこびで満ち満ちていた。

そうしてわたしは「悪いカルマ」を無くし、「良いカルマ」を増やすための抜本的な意識と生活の改善に取り組まなくてはならなくなった。わたしにはおびただしいほどの悪いカルマがあった。そしてその根源はアキちゃんへの憎しみだった。つまりアキちゃんの存在がそのままわたしに悪いカルマを植えつけていたのだった。

わたしは当時、自室のコルクボードにアキちゃんの写真を貼り、画びょうを使った悪戯《いたずら》——

写真をワラ人形に見立てて画びょうをその体に突き刺すというか、風穴をあけていたのだが、まずこれをやめた。これだけで行いによる悪いカルマはほとんど無くせたといってよかった。問題は精神的なほうで、胸にうずまく感情をどのようにとりはからうかということだった。当時のわたしは、感情というものがじぶんのものでありながらじぶんのものでないということを、よくわかっていなかった。憎しみをうまくコントロールできないもどかしさと、押し殺そうとすればするほど雨雲のように立ちこめるそれになすすべもなく、わたしは途方にくれていた。

わたしはカルマのためにアキちゃんを憎むことをやめようと決意するものの、憎しみはそんな意思をあざわらうように火柱をはげしく燃え上がらせるばかりだった。

そのころからわたしにとってアキちゃんの存在は憎しみの対象であるとともに、わたしに悪いカルマを植えつけるやっかいな人という印象も持ちあわせるようになった。あいかわらずアキちゃんへの憎しみはあるものの、わたしはいたずらにそれを増大させるようなことをしなくなった。いわば憎しみから距離をおこうとこころみたのだろう。

だからある日、アキちゃんがわたしの新品の財布（それは白のエナメルに、中央にはハートのかざりがついていて、そのハートの輪郭にはスパンコールが並んでいた）を目ざとく見つけ、これかわいい、ね、アキにこれちょうだいよ、ね、ちょうだい、いいでしょ、といやしくもせがんできたとき、わたしは財布をアキちゃんにくれてやることで増える良いカルマと、そのあとでおとずれるだろう憎しみのカルマとをはじき、どう見積もっても、良いカルマが憎しみによって相殺されてしまうと思い、くれてやらないことにしたのだった。

もっとも、財布をアキちゃんにくれてやらないのには、もっと正当な理由もあった。それはタナさんが「あたらしい友達」であるわたしへ贈ってくれたプレゼントだったのだ。タナさんの家はある地域一帯の古くからの地主だった。広大な土地にいくつもアパートを建て、同じ学年のなかにもそのアパートに住む同級生が何人かいた。（その子らはタナさんを見ると、みなそろってもじもじと、アパートの管理人に出くわしたかのようなきまり悪い笑みをうかべたものだった。）

タナさんの自宅は地元でも有名な豪邸で、玄関に立つためにはいくつかの石段と大きな前庭を通っていかなくてはならないような家だった。家屋やアプローチなどは西洋風に建て替えたようだったが、老松が一本かしいで立っているところでは古池があり、のぞくと鯉がうようよいた。

そんな大家に見合うように、タナさん自身も体格のいい、どこか威厳を感じさせる角ばった顔で大口をあけて笑うコだったのだけれど、あるとき仲良しグループから仲間外れにされてしまった。

グループのリーダー格である、マリナちゃんの鶴の一声でそうなってしまったのだ。

タナさんはマリナちゃんの真意がわからずに、思いつめたようだった。日ごとに笑顔がしぼみ、誰かと話をするときには、谷底をのぞきこむような、おどおどした目つきになった。

ある放課後、タナさんと公園であそんでいたとき、タナさんは自分が仲間外れにされた理由がようやくわかったとわたしにささやいた。きけば、グループのほかのコの名前が三文字——

マリナ、ナギサ、カナコ、アズサ——なのに対してじぶんは「リカ」の二文字だからだ、と真顔で言う。その珍奇な解釈にふきだしそうになるのをこらえてわたしが同意してみせると、タナさんは満足げに頷き、小鼻をふくらませて、

「あんな人たちとは離れられてよかったよ、くだらない」

と言った。タナさんから誕生日プレゼントが贈られたのは、その翌月のことだった。

結局タナさんにはわからずじまいだったようだが、わたしが思うに、マリナちゃんは毎週のようにハイブランドの服を新調してくるタナさんがかもしだす裕福さを感じ取り、鼻についたというか、嫉妬したのではないだろうか。

マリナちゃんはアキちゃんのお隣さんで、アキちゃんとは生まれたときからの幼馴染だった。といってもふたりは親友同士というわけではなさそうだった。少なくとも、そういった親密さはふたりには見受けられなかった。

小学校五年生にしてはやくも成熟した体つきのマリナちゃんは冬でもミニスカートで肉感的な太ももをみせつけ、大きな目で相手を見つめながら気まぐれに意味深な笑みを送りつけるようなコだった。

ふたりの家はある住宅街の小路のどんづまりに並んで建ち、そこはちょうど隣町との地境にあたった。

子供のわたしであっても、どこが地境かはすぐにわかった。ふたりの家をでてまっすぐ歩い

ていくと、ボコボコと凹凸のある、水たまりがそこら中にできるようなアスファルトの道路が、あるところで急にスケート場のようなすぅっとした、なめらかなものにかわる、その質のいい道路が隣町の道路だった。ふたりの通学路はその境界線をまたぐようにしてできていた。

境界線のむこうにはいかにもベッドタウンの、レンガの塀で囲われたヨーロピアン風の白壁に赤茶の屋根がついたような、どれもこれも似通った新築の家々が密集していた。そのこぎれいな家々をはしゃいで行き来する子供たちは隣町の学校に通うコたちだから、面識はないし会話をかわしたこともないのだが、なぜか彼らは住宅地のイメージそのままに、清潔でスマートでなんの不満もないようにみえるのだった。

もちろん当時、わたしはふたりの家がそういった辺鄙《へんぴ》なところにあると認識していたわけではない。ただふたりの家と、その向かいの住宅地とのちがいをぼんやりと眺めていたにすぎない。

ところがいまになって思いかえしてみると、小賢しいマリナちゃんがすでにふたりの家と向かいの家々とのちがいをハッキリとみとめ、嫉妬をおぼえていたとしてもなんの不思議もない。むしろそう考えることによって、マリナちゃんがタナさんを貶《おとし》めたつじつまもあうというものだろう。

とはいえマリナちゃんはまだよかった。もっと悲惨なのは、アキちゃんの家のほうだった。

アキちゃんの家はマリナちゃんの家よりも古くてちいさく、黄土色の荒壁のうえにゆがんだ瓦屋根がかぶさった、雨どいにナメクジが這っていそうな、じめじめした、カメラを向ければ心霊写真がいくらでも撮れそうな家だった。アキちゃんは放課後にたびたびわたしを家前まで迎えに来させたが、家中にはけしてあげなかった。（こちらとしても、地縛霊《じばくれい》の住み処のようなところに足を踏み入れたくはなかったから、それでよかったのだが）アキちゃんの家の陰気さは年代的なものというより、安価なものでこしらえたひ弱さと、そのような家に住まざるを得ない生活の暗さによるものだった。古い石塀の苔むした継ぎ目や、外壁に走る茶色い亀裂から、なんともいえない陰険さとものさびしさが漂っていた。アキちゃんの家と並ぶと、白く角ばった倉庫のようなマリナちゃんの家がたちまちモダン建築にみえたものだった。

アキちゃんの家はマリナちゃんの家を右手に、左手後方にはプレハブの巨大な工場がそびえていた。そのふたつに挟まれて縮こまるようにしてある家は、まんぞくに日も当たらないようだった。よくビルとビルのあいだに根付いた雑草がおどろくほど繁茂していることがあるが、そのおぞましい生命力をみるたびに、わたしはアキちゃんの家を思い出す。そしていつかの学校で、植物のそばに生えた雑草はかならず引っこ抜かなくてはならない、なぜなら雑草は植物の栄養を横取りし、じぶんの養分にしてしまうからだときいて、その性悪さにゾッとしたことまで思いだす。わたしはしみじみと、実際、アキちゃんは雑草のようなコだったな、と思う。なぜなら結局、雑草に養分をうばわれるかたちで、わたしはアキちゃんにあの財布をあげてしまったからだ。

とはいえわたしがうかつにも財布をあげてしまったのには、いくらか複雑な事情もあったことにはあった。

まずひとつに、そのときのわたしは、アキちゃんの「好きな人」について思い悩んでいたのだった。

アキちゃんに「好きな人」がいるらしいことを知ったのは、五年の冬休み前くらいだったろうか。

いつものようにアキちゃんの機嫌を損ねたらしいわたしは、いつものごとく並んだ机を引きはなされていた。その休み時間、これまた目ざとく机のすき間に気がついたクリリンが、ちかくにいた石川くんにむかって、わたし達の机を指さして言った。

「なぁ、知ってるか。これ、おまじないなんだって」

石川くんはクリリンとは野球仲間であり、背の高い、いつも小麦色に日焼けした面長のコだった。ゆったりした口調は彼の鷹揚《おうよう》さをあらわし、細い眼は優しげな弓なりをしていた。どことなく大人びた雰囲気があり、実際どうだったかはべつとして、なんでもそつなくこなしそうにみえるコだった。石川くんはわたし達の机を見やりながら、へぇ、と言った。

「ちょっと、なに勝手にしゃべってんの」

アキちゃんはいきり立ち、——わたしによくやるようなかんじで——クリリンの胸ぐらをつかもうとした。クリリンはそれを器用にかわすと、キャッキャと喜びながら、

「こいつ、好きな人がいるんだって」

と石川くんに言った。石川くんはのんびりと、へぇ、と言っただけだったが、アキちゃんは、

キャーッと悲鳴をあげた。一目散に教室をでていったクリリンを、アキちゃんは奇声をあげながら追いかけていった。わたしはアキちゃんの背中を見送りながら、どうやら「おまじない」はデタラメにしても、アキちゃんに「好きな人」がいることはほんとうのことらしいと直感した。

「ミッカー、知ってるの」石川くんがわたしに言った。「あいつの好きな人」

わたしは首をふった。石川くんは苦笑しながら、

「ミッカーだったりしてな。いっつも一緒にいるから」

と言い、それからほかの友達のところへ行ってしまった。わたしは驚いた。まさにいま、じぶんも同じことを考えていたからだった。もちろんいまではそのひらめきがいかにバカげた、ありえないものであるかがよくわかる。けれどもそのころのわたしはアキちゃんへの憎しみによって精神の安定を著しく欠いた状態だったのだ。アキちゃんといるときには悪夢を見ていたというよりも悪夢のなかから現実をみていたのであって、目に映る表象はゆがんでいてこそリアルであり、真実だったのだ。

アキちゃんがクリリンに鉄槌《てっつい》を下し、鼻息荒く教室へかえってきたときにも、わたしはまだ胸の高まりがおさまらなかった。わたしはいままでのさんざんな日々を、ちまたでよくきく、「好きな子を特別いじめてしまう」理論にすりかえることのできる可能性に胸をふるわしていた。

「アキちゃんはこんなだけど、ほんとうはわたしのことが好きなんだ」とわたしは思ったのだ。

わたしはアキちゃんの「好きな人」はじぶんであると確信した。と同時に、それはわたしを動揺させた。いままでアキちゃんからうけた屈辱がすべて好意の裏返しであるという事実はわたしを照れくさいような、こそばゆい気持ちにさせこそすれ、いままでの憎しみと残虐な妄想の数々を思いかえせば、人違いの仇討ちをしたようでなんだかすわりが悪い。もしかしてわたしは取り返しのつかないカルマを犯してしまったのではないか。わたしは恐ろしくなり、ひとりもんもんと悩むのだった。

それに第一、わたし自身、アキちゃんのことが好きなのかどうか、よくわからなかった。憎しみがひとつのコインだとして、わたしにはそのコインを裏返す勇気もなければ、その裏面が愛情であるかもわからなかった。わたしはアキちゃんへの思いよりもまず、アキちゃんを激しく憎んでいた過去、犯したカルマについて思いわずらっていた。

やがてわたしはひとつの結論というか決断にいたった。そしてそれを実行する前に、やらなければならないことがあった。それはアキちゃんの言質《げんち》をとること、わたしに告白させるということだった。わたしはアキちゃんに告白をさせたうえで、じぶんも同じ気持ちだと言ってやろうと思った。そうすれば、想いが叶えられたアキちゃんはさぞ喜ぶだろうし、わたしとしても過去のカルマを相殺することができる。

この名案が浮かんだ数日後に、そのチャンスはおとずれた。放課後にふたりでわたしの住むマンションにいるときだった。マンションの内側に設置された非常階段の踊り場にわたし達はいた。非常階段の内壁は白の塗装がされていて、ぐるりをくすんだ白でかこまれたそこは、ほこりくさい、空気のよどんだ雪穴のなかにいるような空間だった。

アキちゃんはその白壁を家の鍵でひっかいては細い傷をつけ、その線で絵を描くことがすきだった。わたしのものをわたし以上にじぶんのものとしているアキちゃんにとって、わたしの住むマンションの非常階段は巨大な「お絵かき帳」なのだった。もっともこの非常階段は同じマンションの悪童や狂人らによって大胆ならくがきが縦横に供された小宇宙的な空間ではあったから、アキちゃんの描く細い線はそんならくがきの間ではまるで蜘蛛の巣のように儚《はかな》く、ぐっと顔をよせなければ、そこにどんな絵が描かれているのかわからないくらいだった。

(管理人はすでに何もかもあきらめていたようで、アキちゃんのお絵かき中、掃除夫の格好の彼にたまさか出っくわすことがあったが、管理人は背中を丸めたままわたし達を睥睨《へいげい》するのみで、逃げかえるわたし達を追うこともしなければ、声をあげることもしなかった。)

その日、アキちゃんはある階の壁に絵を描きつけていた。その横で、何段目か上に立つわたしも同じように鍵を使って絵を描いていた。けして弁明するわけじゃないが、わたしは絵を描くことがクラスの誰よりも上手く、またアキちゃんと一緒にいると磁場がゆがむようにたびたび善と悪が入れ替わるせいもあって、その場ではなんの良心の呵責《かしやく》もなく、少女漫画のキャラクターを描いていた。

わたしのセンスにあふれた、端麗なタッチと比べると、アキちゃんの描く絵は目も当てられないほどお粗末なものだった。いったいどんな目と手をしているとそんな下手くそな絵が描けるのか、わたしは見当もつかなかった。とはいえ最初のころのアキちゃんはまだ、真面目くさって下手くそな絵を描き続けていた。けれどもだんだんと、わたしの上手い絵とじぶんの絵を見比べることによって、自らの非才さを自覚していったらしい。筆がのらなくなり、やがて絵を描くのをやめてしまった。その代わりに、わたしの絵にちゃちゃをいれるようになった。アキちゃんはわたしの描く美少女の顔や手足に多量の毛を生えさせ、二の腕や太ももを筋肉で隆起させ、太い血管を浮き立たせ、瞳を血走ったものにし、鼻水を垂らし、口からは血を滴《したた》らせた。そうしてアキちゃんの手にかけられたわたしの絵は、可憐な美少女だったのが、男性的なからだと病的な顔つきのものに変えられてしまった。はじめのうち、丹精込めて描いたじぶんの作品をことごとく醜悪なものに変えられた悲しみとくやしさから、わたしはポロポロと涙をこぼした。けれどもそのうち涙は涸《か》れ、ただ憎しみがつのるだけとなった。その横でアキちゃんは気味の悪い男性的な少女の絵をからからと笑い、しゃちこばるわたしをも笑いとばした。

その日も、アキちゃんはわたしに少女の絵を描けと命じた。どうせ悪趣味な怪物に変えられる運命と知りながら、わたしはしぶしぶ壁に少女を描いていった。すると絵の完成が待ちきれなくなったのか、わたしが描いているそばからアキちゃんがその顔にひげを描きつけていった。わたしは動揺しながらも、アキちゃんのこういった愚行すべてが愛情の裏返しと思う気持ちから、ぐっとこらえていたのだが、その手つきのずうずうしさにとうとう我慢できなくなり、どうか絵を描きおわるまで悪戯をやめてほしいと乞い、アキちゃんの腕をとった。するとアキちゃんはわたしの手を大きく振りはらった。わたしの体はよろけ、階段を踏み外し、転げ落ちて踊り場の床に落ちた。咄嗟《とっさ》に顔をかばったせいで、両肘と手をしたたか打ちつけた。両腕を胸にかき抱くようなかたちで床につっぷしたわたしはうずくまり、手足をかくした亀のようになった。両腕にしびれるような鈍痛があった。わたしが声もなくじっとしているあいだ、アキちゃんはへっぴり腰でわたしのまわりをぐるぐるとし、

「だいじょうぶ、ねぇ、だいじょうぶなの、いたいの、どこがいたいの、なんとか言いなさいよ、ねぇ、だいじょうぶなの」

と騒ぎたてた。

自慢するわけではないが、わたしはそれまで突き指ひとつしたことがなかったのだ。風邪だってめったにひいたことがない。せいぜいころんで膝小僧にかさぶたをこしらえるくらいだった。そんなわたしにとってはこの転倒が人生ではじめての衝撃、経験したことのない肉体的な痛苦だった。

このときわたしは左手を捻挫していたのだった。もちろん捻挫という診断は翌日いった病院でくだされたのであって、非常階段でダンゴムシのようにうずくまっているときには知るよしもない。すこしずつ痺《しび》れが遠のき、感覚がもどりはじめた両腕にたいして、左手だけはとってつけた借り物のようにぼんやりとし、その奥でひりひりと焼けつくような痛みがあった。もうだめだ、とわたしは思った。左手は完全に壊れてしまった。わたしのまぶたの裏には、左手のレントゲン写真が浮かびあがっていた。それはこなごなに粉砕した骨が手形に寄せ集められたものだった。わたしは言葉を失い、うすよごれた床と垂れ下がったじぶんの髪を凝視することしかできなかった。

アキちゃんはあいかわらずキイキイとなにかをまくしたてながら、わたしの背中をゆすったり、しゃがみこんで顔をのぞきこもうとしたりした。そのたびにわたしは手足を縮めて頭を床にこすりつけんばかりにうずくまって抵抗した。

呪ってやる、とわたしは思った。

絶対に呪ってやる、とつよく思った。このアマ——いつぞやこの言葉を知って以来、わたしはしばしばアキちゃんをこう呼んだ——わたしの左手を駄目にした、絶対にゆるさない、呪ってやる、呪ってやる……。そのとき、ふっと、バッチャンの顔があたまに浮かんだ。そうだ、バッチャンに相談しよう、バッチャンに相談して、どうしたら「カルマ」を犯さずにうまく呪いをかけられるか、一緒にかんがえてもらおう。そのとき、かつてバッチャンと同じクラスだったころのことを思いだした。ある日、わたしはバッチャンの家へ遊びに行った。夏の炎天下に自転車をこいできた汗だくのわたしにむかって、バッチャンは慈悲深い笑みで、

「アイス食べる?」

と聞いてきた。わたしは嬉しくなり、たべるたべる、といってわくわくしていたら、バッチャンが持ってきたのはアイスではなく、半分に切って凍らせた真黒のバナナなのだった。わたしは石のように固いバナナの切片を見つめながら、

「バッチャン、これ、アイスじゃないよ」

と言った。

「うん。知ってる」平然とバッチャンは答えた。「でも、う、ち、じゃあ、これがアイスだから」

わたしはあのときのにがにがしい気持ちを思いかえしながら、脳裏ではなぜかワタルさんの顔が、青白くげっそりした、口から吐血しながらマンホールの縁に立つ彼の顔がありありと浮かんでくるのだった。バッチャンはワタルさんにもあのバナナを食べさせたんだろうか、ワタルさんは、これはアイスじゃないよ、と言わなかったか、と思うと同時に、いつかわたしの母が、バッチャンのことを、あのコは本当にかわいそうなコだからねぇ、としんみりした顔で言ったときのことを思いだした。なんで、と聞くと、だってさ、と言いかけたきり口をつぐんで、結局はぐらかされたけれど、あれはどういう意味だったんだろうか、と思い、とにかくバッチャンに会いたい、バッチャンに会って、きょうアキちゃんがわたしの左手をつぶしたこと、つぶしておきながら実はアキちゃんはわたしのことが好きなこと、わたしはアキちゃんの気持ちに応えることによってじぶんのカルマを相殺しようと考えていたけれども、いまとなってはこの失われた左手によってカルマは相殺されたのであって、やっぱりわたしはアキちゃんのことが好きではなく、つくづく大嫌いで、とうてい許すことなどできないということをあらいざらい話したい、そうすればバッチャンはわたしに同情し、きっとなぐさめてくれるだろうと思った。

やがて肢体を震わせながら立ちあがるわたしに、アキちゃんは、

「ねぇ、家帰るの、帰ってどうするの、アキに落とされたって言うの。そんなこと言わないでしょ。だってミッカーが悪いんだよ、ミッカーがアキの腕を摑むからだよ」

とうるさく食い下がってきた。わたしは、このアマ、と罵《ののし》ったが口には出さずにだまってい

ると、アキちゃんは焦《じ》れたのか、

「ねぇ、アキのせいじゃないよね、アキが落としたんじゃないよね」

とにじり寄って来、わたしは頭をおとして顔を隠し、呪ってやる、と唇をうごかした。すると、

「ねぇ、もしミッカーがアキのこと黙っていてくれたら、なんでも言うこと聞いてあげる」

とアキちゃんが言った。そこでわたしが顔をもたげると、アキちゃんはなぜかわたしより憤然とした顔で、

「一個だけだよ」

と言ったのだった。

ほんとうならばここでアキちゃんの「好きな人」を聞くべきだった、そうするべきだったのだ。けれどもいかんせん混乱し、左手は痛み、アキちゃんは憎く、どんなふうに呪ってやろうかと激しい思いが先走るばかりのわたしは早くその場から立ち去りたかった。

「いいよ、もう。帰る」

と言いすてると、わたしは階段をかけ上がっていった。するとすぐに階下からアキちゃんの声が這いあがってきた。

「アキのせいじゃないからね、ミッカーがカッテに落ちたんだから、ミッカーが悪いんだからね――」

その声を踏みつぶすため、わたしはかかとを鳴らしながら階段をかけ上がっていった。

アキちゃんには兄がひとりいた。

なんでも高校受験に失敗したらしく、すべりどめで入った高校では覇気がなくなってしまい、休みがちになったとおもえば、とうとう夏には退学してしまったらしいことを、わたしは噂好きの母の長電話から盗み聞いていた。兄はその後、隣町の国道沿いにある、本やゲームの中古品屋で働いているらしいこともわたしは知った。そこはわたしの家から自転車で十五分ほどのところにあった。

ある寒い日、わたしはその店をめざして自転車にまたがった。

アキちゃんの家に通っていながらも、わたしはまだアキちゃんの兄を一度も見たことがなかった。アキちゃんの兄、つまり心から憎む人間の兄の顔というものを、一度見てやろうとわたしは前々から思っていたのだ。

休日というのに店は閑散としていた。どことなくうす暗くほこりくさい店内では音楽がひびきわたり、自動ドアをくぐった瞬間からその大音量に頭を押さえつけられるようだった。

わたしは店に入ってすぐに、レジ前でうつむきがちに立っている顔面蒼白のたよりない青年がアキちゃんの兄ではないかと察した。

わたしは本棚から適当な本をとってレジへむかった。アキちゃんの兄と思われる青年はわたしがカウンターに置いた本をちらりと見やると、それをひったくるようにして取った。兄はながい前髪を顔面に垂らしていた。と同時にそれはどうしようもなく内気な内面をさらすものでもあった。長い首が亀のように伸びているところはアキちゃんと似ていると思った。前髪の割れ目からわずかに覗く目で彼はレジの表示を読み取ると、わたしに金額をつたえた。その声はひき結んだ唇をうすく開いてもらす独り言のようで、たちまち店内音楽にかき消されていくものだった。わたしが小銭を受け皿に置くと、兄は片手でそれをあつめた。彼の爪はまるでマニキュアを塗る女のように長く、その弓なりにのびた白い爪がなんとも不気味だった。兄は、ありがとうございました、と唇だけうごかすと、ビニール袋に入れた本をわたしのまえにすべらしてよこした。

わたしはそれからも何度かその店に通った。そして本を買う体で店にいりびたってはこっそりとアキちゃんの兄を観察した。兄はいつのぞいても、店内で佇《たたず》んでいた。その目はいつも虚空を見つめ、店内を移動する姿は亀のようにもたもたとし、たまさか客に話しかけられても、生気の抜けた表情はほとんど変わらないか、髪に覆われて見えなかった。

わたしは兄に会いに行っていることをアキちゃんには秘密にし、なにも知らないフリをとおした。そればかりか、ねぇねぇ、アキちゃんのお兄ちゃんってどういうひと、とたびたびたずねた。するとアキちゃんは顔をしかめて、チョーキモイ、だいっきらい、と言うのだった。

「どんなふうにキモイの」

「ぜんぶだよ。ぜんぶキモイ」

「ねぇじゃあさ、お兄ちゃん、前髪長いでしょ」

「うん、長い」

「爪も長いでしょ」

「うん、長い。……なんで知ってるの」

「こないだ、キモイひと見かけたから」

アキちゃんは解せない顔でわたしを見つめたが、わたしはそれでじゅうぶん満足した。

わたしはいつしかアキちゃんの兄をもっと知りたいと思うようになった。

わたしはたびたび兄の店を訪れては、古本をレジに持っていき、兄を見つめた。兄がうつむいてこちらを見ることがないのをいいことに、カウンターにかじりつき、息をとめて、穴があくほどじっと凝視した。それでも兄はこちらを一度も振り向かなかった。

わたしはアキちゃんの機嫌の良いときをみはからっては兄のことをたずねた。アキちゃんはその都度ふくれっ面になるものの、そのうちに兄の性質をぽつりぽつりとこぼすようになった。

わたしはアキちゃんの語る兄と、店での兄とを重ね合わせてはほくそ笑んだ。

アキちゃんによれば、兄は家では神経質な暴君で、ちょっとしたことで怒り狂い、テニスラケットでアキちゃんを追い回すこともあるらしかった。わたしはあのひ弱そうな兄がアキちゃんに怒号をとばし、ハエ叩きよろしくテニスラケットでアキちゃんの尻をぶっているところを想像すると、わき腹をくすぐられるような、身がよじれるような笑いがこぼれた。そして店でぼうっとしている兄を盗み見ながら、誰も知らない彼の闇をわたしは知っているのだ、とこれにも優越を感じた。わたしはあの手この手でアキちゃんから兄の情報を得ようと必死になった。

わたしはふたりの間を透明人間のように行き来するおもしろさと、有能なスパイのようにひそかに兄の情報を収集するじぶんに興奮していた。もっともアキちゃんにこの真相が知れたらどんな処罰がまっているだろう、といった恐怖はあったが、それはスリリングな妄想としてわたしをぞくぞくさせるだけにとどまった。

もしも春にはこの街を出ていくということを知らなければ、わたしはきっといつまでもそんなスパイごっこを楽しんでいただろうし、兄に会いに行けども話しかけることはせず、彼を遠くから、怪奇な絵を観賞するように見ているだけだっただろう。

二月のある日、母はわたしに、学校の春休みと同時にこの街を出ていくと言った。押上《おしあげ》にある祖父の家にいくのだという。わたしは転校し、四月からは新しい学校に通うことになると母は重ねた。母は憐憫《れんびん》の表情でわたしを見つめた。もっともそれは、勤めていた会社（スポーツウェアの小さな卸会社だった）が倒産し、再就職がきまらずに、とうとう実家へ寓居することになった母自身へ向けられたものだったかもしれない。母は口重に、

「せっかく友達もできたのに、転校なんていやだろうねぇ。ごめんねぇ……」

と言った。阿《おも》るような上目遣いをする母にたいして、わたしは母が「友達」というのは誰のことなのか、まさかアキちゃんのことではあるまいか、ということばかりが気になった。アキちゃんが友達なんてとんでもない、アレは友達の皮をかぶった魔物であり、転校でもしないかぎりはとうてい離れることができないと絶望していたくらいだったのだ。それがまさかほんとうに転校できるなんて、離れることができるなんて、夢のような話だ、とわたしは狂喜乱舞と

いったところだった。けれども母の手前、気丈者を装ったわたしは声を震わせながら、

「じゃあ、ほんとうに、四月には転校するんだね。それでもう、ここには戻ってこない、そうでしょ」

と何度も念をおし、そのたびに母が頷くのに、どうしても口端がヒクヒクと震えるのだった。

それからというもの、有頂天になったのはつかの間のことで、わたしはすっかり毒気を抜かれたようになってしまった。他人がわたしの変化に気づいた様子はなかったが、じぶんのなかではそれは大きな変化だった。そもそも長いことアキちゃんという毒気にあてられ、いつもピリピリと交感神経の高ぶった精神倒錯状態だったのが、春からはアキちゃんと会わなくていいことが確約された日から、タガが外れたように虚心というか解脱というか、物事に対して鋭い感覚をもてなくなってしまっていた。

それはアキちゃんのそばにいるときでもそうだった。わたしはまだ体裁的にはアキちゃんのシモベを演じてはいたが、内心では舌を出して居直っているところがあった。わたしはかしましくわたしを罵るアキちゃんを見やりながら、ああコレとも春にはオサラバか、としみじみし、なにかと使い走りにされてもなお、春には忠実な家来を失うアキちゃんの未来をふびんにさえ思った。とにかくアキちゃんからどんな理不尽な仕打ちをうけようとも、それを高みからながめやる余裕が生まれ、わたしは十も二十も大人になった気分でアキちゃんと対していた。

わたしは絶対にアキちゃんには転校のことを言うまい、と決めていた。わたしは母に口止め

をし、先生にも口止めをした。（先生は義理堅い人だったので、説得するのには骨がおれた）口止めが済むと、わたしは安心した。だからだろうか、わたしはタナさんはおろかバッチャンの存在さえも失念していた。それはアキちゃんと離れられることで、カルマや呪いといったことに関心をもたなくなってしまったのも一因かもしれない。とにかくバッチャンの存在はわたしのなかでいつのまにか立ち消えてしまっていたのだ。

わたしの心にあったのは、たったひとり、アキちゃんの兄だった。その存在は夜道にのびる影のように、音もなく不気味に大きくなっていった。

わたしは兄と言葉もかわさず、目も合わせたことがないことにいらだち、そしてそのまま街を去っていくことにあせりを感じはじめていた。わたしは兄と何かしらのコミュニケーションをとりたいと思いながら、店に通い、レジ前で向かい合ったところで何もできずにすごすごと去るじぶんがふがいなく、みじめだった。帰り道を自転車でとばしながら、わたしはこのやりとり、というかやりとりを試みることがあと何回できるだろうかと考えては目頭がカッとあつくなるのだった。

そんなとき、わたしは教室であることを思いついた。それはマリナちゃんを筆頭とした女子たちが輪になってバレンタインデーの計画を言い合っているときだった。わざと男子たちに聞こえるよう、甲高くしゃべりつづけるマリナちゃんを盗み見ながら、あいかわらずだな、と聞いていたわたしのあたまに、突然、アキちゃんの兄がよぎった。そうだ、バレンタインチョコを彼に渡してみるのはどうだろう、とわたしはひらめいた。

それはアキちゃんに呪いをかけることを思いついたときのように、わたしの胸を躍らせた。わたしはなにも本気で兄にチョコを渡すつもりでいたわけではなく、――そもそも渡せるくらいなら、とっくに話しかけているはずなのだ――ただチョコを持って兄に会いに行くということがしたいのだった。そしてなにかの拍子にチョコを渡せる可能性に過剰な期待をかけては、都合のいい妄想をくりかえすのだった。

バレンタインデー当日は鼠色の雲が低く立ちこめた、憂鬱《ゆううつ》な雨模様だった。

わたしは前日にコンビニで買った、安っぽい包装の箱をひとつジャンパーにしのばせて自転車にまたがった。

時刻は四時ごろだっただろうか。平日だった。わたしは学校がひけると、アキちゃんにつかまるまえに教室を飛び出し、家にチョコをとりに帰ったのち、兄のいる店へ向かった。

朝から顔を出さなかった太陽だが、自転車をこぎながら見上げれば、曇空の光が白から鈍《にび》色に変わっていくのがわかった。あたりのほの暗さが自転車のペダルに重たく絡みついてくるようで、わたしは店へ向かいながら、このときにはもう、じぶんが結局は兄にチョコをあげられないだろうことはうすうすわかっていた。いらぬ本をレジへ持っていき、会計をとおして兄の顔を観察したのち、何事もなかったかのように店を出ていくじぶんの一連の行動が目にうかんでさえいた。それでも兄の顔を見さえすればいくらか気持ちがすっきりするだろう、とじぶんを慰めるつもりでわたしは店へ向かっていた。だから店前の駐輪場で自転車を降りたときも、わたしは高揚というよりもむしろ暗鬱としていた。

しかし現実はわたしの予想をいつも大きく上回るもので、その日、店に兄はいなかったのだ。こんなことは初めてだった。わたしが兄に会いに行くのはいつも学校の休みの日、それも昼か夕方ばかりで、そしてそのときには兄が必ずいたものだから、わたしのなかで兄の休日、また兄のいない店というものはまったく思ってもみないことだった。

わたしは店内をうろうろとさまよいながら、どうして兄がいないかに考えをめぐらしたものの、一向にわからず、とうとうたどり着いた答えが、兄は店を辞めてしまったのだ、ということだった。そうすると今度はなぜ辞めてしまったのかという疑問に、わたしは才気走った探偵のように店内をせかせか歩きまわりながら、なぜ、なぜ、と思考をめぐらし、いっぽうで兄とはもうこれきり会えないのではないかという不安に襲われていた。そしてその不安がふくらんでいけばいくほど、ある妄想がにわかに信憑性《しんぴょうせい》を持ちはじめ、店をでるころには、わたしは、兄は死んでしまったのではないか、という妄執《もうしゅう》にとらわれていた。

わたしが小学校にあがるかあがらないかの記憶で、祖母の通夜が行われたときの押上の家をわたしは思いだしていた。そのとき、黒い正装をした大人たちが焼香のにおいの染みついた畳のうえをすべるように往来している、そのたくさんの足をわたしは隅っこで座って見ていた。それから祖父に手を引かれて、むりやり祖母の青白い死に顔を見せられたときの記憶も生々しく思いだされた。

わたしはすぐさま自転車に飛び乗り、アキちゃんの家へ向かった。もしほんとうに兄が死んでいたとしたら、そこでは通夜が行われているはずだ、それを確かめに行かなくては、と思ったのだ。

アキちゃんの家に着いてみると、通夜は行われていなかった。

薄闇のなか、家はいつものようにひっそりと陰気に佇んでいた。辺りが暗いぶん、家はひとつの影となり、わずかに光がにじんでいるのは、玄関先の低いブロック塀の透かしの部分からだった。

わたしは隣町のほうの、ある人家のわきに自転車をとめ、歩いてアキちゃんの家に近づいていった。透かしブロックから中を覗いてみようと思ったのだ。そこからは濡れ縁と物干し竿でふさがった極小の庭が見えるはずだった。——そうしてまさにブロック塀に手をかけるかというところで、なにやら声高な、言い争う鋭い人声が玄関扉に集まってきた。わたしは真横に走り出した。そして玄関を通りすぎ、となりの工場の駐車場のかげにしゃがみこんだ。とっさの判断だったが、ふりかえればちょうどそこはアキちゃんの玄関先をはす向かいから見渡せる場所だった。

わたしが身をこごめた瞬間、勢いよく開け放たれた玄関の扉がゴチンとなにかにあたる音がし、それからアキちゃんのするどく高い声が響いた。

アキちゃんを見ようとわたしが物陰から腰を浮かせたのと、アキちゃんが庭先に回りこんだのと、兄が玄関先に出てきたのはほとんど同時のようだった。わたしが兄をみとめて、あっ、生きてたんだ、ああよかった、と胸をなでおろしているあいだに、兄はアキちゃんを追って庭先へ行ってしまった。わたしが二三歩踏み出すと、奇声とともにふたたびアキちゃんが現れた。わたしはまたすぐにしゃがみこみ、様子をうかがったが、アキちゃんはこちらに気づいてはいないようだった。見れば、アキちゃんはじぶんの自転車を手押ししている。のろのろと進みながら、顔は後ろの庭先へ向けられており、その声は機関銃のように罵詈雑言《ばりぞうごん》を放っている。やがて兄もブロック塀から出てきた。兄もアキちゃんに負けじとなにやら言いかえしていて、それは店のなかの彼とはまったくの別人とおもわれるような力強い声だった。兄の声は軟弱そうな姿態に反して低く重みがあり、わたしからすればそれはまさに大人の男の声だった。わたしは初めて聞く、威勢の良い兄の声にすっかりドキドキしてしまい、もっと会話の内容が聞こえるよう、少しずつにじり寄っていった。わたしの眼は暗がりに慣れたようで、対峙するふたりのシルエットだけではなく、ふたりともコートを着ていないことや、アキちゃんはスニーカーのかかとをつぶして履いていること、兄はつっかけを履いていて、両手をズボンのポケットに入れていることなどがおぼろげながら確認できた。

アキちゃんは家から数メートル離れたところで、自転車にまたがった。

「にげんのかよ」

と兄が言った。アキちゃんはすかさず、うるせぇ、と言いかえした。そして口早になにかを吐きすてると、自転車を立ちこぎしながら、ぐんぐん加速していった。アキちゃんの家は長い袋小路の奥にあるため、角を曲がるまでに五十メートルほど直進しなければならない。兄は遠ざかるアキちゃんにゆっくりと歩み出ながら、

「にげんのかー、アキヒロ！」

と言った。それから立ち止まり、からかうような調子で、

「アキヒロー。どこにいくんですかー。アキヒロくーん。ハラダ、アキヒロくーん……」

と何度も呼んだ。それは日ごろアキちゃんが嫌い、クラスの誰にも呼ばせなかった名前だった。

やがてアキちゃんが角を曲がってしまうと、兄は踵をかえし、家へ入っていった。わたしはそれと同時にとび出して自転車をとりに走った。自転車にまたがり、辺りを見まわすと、そこには黒く静かな家並みが続いているだけで、すでにアキちゃんはいなかった。

わたしは色々と盗み見てしまった興奮から体がほてり、あたまがぼんやりとして、まっすぐ家に帰る気にならなかった。だらだらと自転車を走らせながら、冷たい夜気であたまをひやそうとした。そして暗い住宅街から国道へでると、ふと、そうだ、「ポパイ」に行ってみよう、と思いついた。

「ポパイ」というのは国道沿いの、学校から近くにある雑貨屋だった。チープな雑貨や文房具がごちゃごちゃ並べられた、子供たちを主客としている店で、放課後の時間にはそこらへんの子供たちがひっきりなしにやってきては商品をおもちゃにして騒いでいるようなところだった。

もう日も暮れ、子供たちはいないにしても、「ポパイ」のさわがしさ、明るさが恋しくなり、店へ向かっていたのかもしれないし、あたまのどこかで、アキちゃんも「ポパイ」へ行っているのかもしれない、という予感もあったかもしれない。実際にその予感はあたっていて、「ポ

パイ」に着くと、店の駐輪場にはアキちゃんの黄色い自転車がひとつポツンと置かれていた。わたしは好奇心と緊張で胸を高鳴らせながら店へ入っていった。

一階建ての店内は棚の数が多く、空間全体が入り組んだ路地のようになっているために、うまく見通すことができない。わたしはいつ棚のかげからアキちゃんの顔がにょっとあらわれてくるかわからない恐怖から、棚の前で小魚のようにうろうろと停滞し、前後左右をたしかめてから、えい、と次の棚にとびうつる、そんなことを繰り返しながら店内奥へ進んでいった。するとどうやら店内の客はわたしとアキちゃんのふたりだけらしいことがわかった。そしてある棚にうつったとき、わたしは前方に、こちらを背にして立っているアキちゃんをみとめた。わたしはすぐに頭をひっこめ、それから頭半分だけをだして、アキちゃんを物陰から見つめた。

アキちゃんはゆっくりと棚の前をすべるように歩いていた。そのすぐ後ろではアキちゃんの手が尾ひれのようにアキちゃんのあとをついていった。陳列された商品をひらひらとなでていくアキちゃんの手、そこに置かれたものを無感動になでていくその手を、わたしはよく知っていた。それはアキちゃんが花や、わたしのものを扱うとき、手持ちぶさたにじぶんの髪や服にふれるときなどにあらわれる手だった。それはただ何かにふれていたいというだけの手だった。それだけの、つつましい、さみしいような手だった。その手がアキちゃんの存在とは別個に存在しているかのように、いろんなものをなでていった。その手によってよくわからない感銘にうたれたわたしは棚からとびだすと、アキちゃんというよりはその手にむかって、アキちゃん、と呼びかけた。

アキちゃんはふり向くと、目を見開いたのち、

「なんだ、ミッカーじゃん、びっくりさせないでよ」

と恐ろしい形相で言った。わたしはじぶんの軽率さを悔いながら、ごめん、と言った。

それからわたし達は店内を並んで歩いた。アキちゃんは商品棚のすみずみに目を配り、ああでもないこうでもないと口早にまくしたてるのを、わたしは相づちをうって聞き流していた。

アキちゃんの手はあいかわらず棚にならぶ商品を気まぐれにさわっていった。

アキちゃんはときどき、一人暮らしをしたら家中をどんなふうにしたいか、という理想を語ることがあり、そのときもさまざまな商品を目にとめては、それがじぶんの将来の家にふさわしいかふさわしくないかで分別していくのだった。アキちゃんはクッションカバーや掛け時計や食器のまえで立ち止まっては、端から順に、

「かわいい、かわいくない、かわいくない、ちょっとかわいい、全然かわいくない……」

と指さしていき、どうしてもひとつにしぼれないものがあると、

「ねぇねぇ、ミッカーはさ、これとこれ、どっちがアキの家に似合うと思う?」

とわたしに聞いた。わたしはそのたびにあるはずのないアキちゃんの家へ思いをはせ、やっとのことで片方を選ぶのだが、そうするとアキちゃんは必ずわたしの選ばなかったほうを手にとって、

「じゃあ、こっちにするね」

とにっこりするのだった。しばらくそんな茶番をつづけていると、やがて若い女の店員がや

ってきて、

「あんたたち、もうそろそろ店しめるから、はやく帰んなさいよ」

と言った。わたし達は店員の高圧的な物言いにすっかり縮こまりながら店を出た。店を出ると、アキちゃんは自転車にまたがりながら、

「なんなの、アイツ。偉そうに」

と憎々しげに店を振りかえって言った。

わたしはてっきりこのまま家へ帰るのだと思っていると、アキちゃんはまるでいましがた学校がひけたかのように、

「どうしようか。とりあえず寒いから、どっか行こう」

と言って自転車を走らせた。そうして少しばかり夜道を自転車でふらふらしていると、前を走るアキちゃんがふり向いて、

「ねぇ、あの公園の、カモを見に行こうよ」

と言った。「あの公園」というのは、学校の隣にある、もとは大きな遊水地だったのを、長い工事を経て、歩道橋をわたし、人工池をつくり、芝生を敷いたりしてみちがえるようになった公園のことだった。

公園の脇には暗渠《あんきょ》のような細く汚い川が通っていて、十数羽くらいのカモがその川と人工池を行き来して住みついていた。アキちゃんはそのカモたちを見に行こうと言ったのだ。わたしは気乗りしなかったが、いつもアキちゃんの突拍子もないわがままに従ってきたように、この

ときも黙ってアキちゃんについていくことにした。

わたし達は公園の脇のドブ川のそばに自転車をとめ、短い橋をわたり、欄干《らんかん》に身をもたせて川をのぞきこんだ。そこには黄色い外灯の光をうつす黒い川があるだけで、カモは一羽もいなかった。川にはペットボトルやらビニールやらが埋まった、掃きだめのような中州があり、昼間はそこでカモたちが羽を休めているのだったが、暗がりにうかぶ中州はがらんとしていて、風にあおられた川の脇の雑草がさわさわと音を立てながらうねっていた。

「いないじゃん」

不満げにつぶやくアキちゃんに、

「もしかして、池のほうにいるのかも」

とわたしが気を利かせて言うと、アキちゃんは突然ふきだし、

「いるのカモ、だって。ミッカーがオヤジギャグ言った。やだぁ、さむい、さむい」

と言ってじぶんの両腕をさすった。アキちゃんはシャツの上にフリースを着ているだけの、たしかに寒々しい格好だったが、そんなことよりもアキちゃんはわたしの何気ない言葉をオヤジギャグという低俗におとしめようとしたのであって、わたしを恥ずかしい人間としてさげすむ、そういうポーズをとったのだった。わたしはこのとき、思わぬ恥辱にカッと頬があつくなった。わたしは一人っ子で、ちいさい時から友達も作らず母や先生とばかり話してきたぶん、言葉の習得はまわりより早く、そのことにひそかに自信を持っていた。ついこのあいだも、アキちゃんに「図星」の意味を教えてあげたばかりだった。わたしはじぶんの言葉遣いにはいつ

も慎重だったし、口汚いアキちゃんを軽蔑していた。そんなアキちゃんごときに言葉を揶揄《やゆ》されるなど、とうてい耐えられないことだった。わたしは下火になっていたアキちゃんへの憎しみに油が注がれるのを感じ、空腹からか、よけいにイライラした。

それからわたし達は橋を渡り、池の前まで行った。

池のまわりにはススキのような雑草が池をとり囲むように茂っていた。その量から比べると、池は大きな水たまりか落とし穴のように見えた。（実際、わたしとしては池というよりも沼といったほうがしっくりするのだ。）

わたし達は池のふちまで進み、そこから池のすみずみを注視したが、カモらしきものはなにも無く、ただ草むらがゆらめいているのを確認しただけだった。もしかするとその草の根元にカモたちがいるのかもしれなかったが、池のまわりには屋外灯がひとつもなく、川の橋からの灯《あかり》でどうにかおぼろげに池の水面がわかる程度だったから、カモが実際にいたとしても見つけられなかったにちがいない。

「いないね。というか、よく見えないし。……もう、帰る？」

とわたしが言ったとき、アキちゃんが、あっ！　と言って、池のあるところを指さした。えっ、いた？　と言ってわたしは一歩踏み出し、前かがみにアキちゃんのさす方向を見やった。つぎの瞬間、アキちゃんがわたしの背後にまわりこんで、だしぬけにわたしの背中を押した。といっても、わたしは押されたことがすぐにはわからなかった。ただ後ろからの力を認識するよりも早くじぶんの体が前のめりに倒れ、全身に電流のような悪寒《おかん》のようなものが走り、倒れこむ上半身になんとか下半身が反応し、二三歩足を前に出すものの、間に合わず、とうとう両膝を地面にうちつけ、さらに手をついた、その手をついたところがちょうど池のキワもキワといったところで、あと数歩踏み出ていたら、まちがいなく池に落ちていただろう、とぎゅっと体をこわばらせたところで、後ろから、気ちがいじみた高笑いが聞こえてきた。それでようやく、アキちゃんに背中を押されたのだということがわかった。わたしは例によって、このアマ、と心のなかで毒づきながら、手についた泥をはらい、立ちあがった。そして振りかえってアキちゃんを見ると、わたしと絶妙な距離をたもって左右にはねているアキちゃんが、ヒャッヒャッヒャ、と笑っていた。その表情は薄闇のためによく見えなかったが、笑いながら反復とびのようにわたしのまわりをスキップする、その動きは見えた。それはいつか見た、動物園のサル山で乱暴者のあまりみんなから嫌われ、のけ者にされている猿が、じっと見おろすわたしに気づいた瞬間、威嚇《いかく》してきたときの動きにそっくりだった。

わたしはそのときの猿にむけた感情とまったく同じものをアキちゃんに感じていた。それはいいようもないあわれみと、小石でもぶつけたくなるような憎たらしさだった。

あたりの暗さと、沼のような池の前でふたりきりでいるからだろうか、あるいは春になればこの街を去るという安心感からだろうか、わたしはなぜか気が大きくなって、アキちゃんになにか言ってやりたいという衝動のまま、アキちゃんにむかって、

「アキちゃんてさ、好きな人いるでしょ」

と言った。するとアキちゃんは猿の動きをやめた。

「なによ、急に」

「いるでしょう。誰」

「いないし」

「いる。絶対いる。誰。教えてよ」

「いないんですけど」

「教えてよ」

「いないってゆってんだろ」

「誰、いるから、誰」

わたし達はしばらくそんな押問答を繰り返した。やがてわたしの粘着性にまいったアキちゃんは、

「いないってゆってんだろーが、しつけーんだよ、バーカ！」

と言って、さきほど渡った橋のほうへかけていった。わたしはアキちゃんを追いかけながら、

「教えてくれてもいいじゃんよぉ」

と叫んだ。

「なんでミッカーに教えなきゃいけないんだよ」

とアキちゃんも走りながら怒鳴った。しかしこれはもう好きな人がいることを告白したのとおなじであって、わたしは、しめた、と思った。そしてちょうどアキちゃんが橋の真中あたりにきたところで、

「教えてくれたら、いいことがあるよぉ」

と言った。アキちゃんは足をとめて振りかえり、

「なによ」

と言った。

「教えてくれたら、あたしの財布、アキちゃんにあげる」

そう言って橋の真中へ進んでいくと、橋の灯の下にアキちゃんの顔がはっきりと浮かび、それは灯の色に黄ばんで、しかもこちらを見すえている。わたしは条件反射的にぐっとひるんでしまった。が、そのときアキちゃんが、

「まじで言ってんの」

と真面目な声で聞きかえしてきた。わたしはふたたび、しめた、と思い、

「約束する」

と力強く頷いた。

アキちゃんは橋の欄干に両肘をかけ、川のほうへ顔を向けた。わたしもそばへ行き、おなじように欄干に身をもたせた。アキちゃんは地団太《じだんだ》を踏むように体をゆらしながら、どうしよっかなぁ、どうしよっかなぁ、と逡巡《しゅんじゅん》していたが、やがてわたしのほうを向くと、誰にも言っちゃだめだからね、とすごんで言った。わたしは、うん、と言いながら、力んで耳をそばだてた。

アキちゃんは再び川のほうを向くと、小さく口早に、石川くん、と言った。

それを聞いて、わたしは一気にしらけた。(それからというもの、なにかに期待してそれが

くじかれるようなとき、わたしはこの橋でアキちゃんの告白を聞いたときと全く同じ心もちになる。)

アキちゃんが、ああ言っちゃった言っちゃった、どうしようどうしよう、と勝手にはしゃいでいるあいだ、わたしは石川くんの顔を思い浮かべていた。そしてその柔和でほのぼのとした石川くんの顔とアキちゃんの邪悪な顔をならべてみると、それは不似合いもいいところで、だいたいアキちゃんは男なのだから石川くんとつきあえるわけがないだろうに、この人はなにを言ってるんだろう、とあきれた。

「アンタ、誰かに言ったら、ほんとぶっ殺すかんね」

とアキちゃんはわたしの肩をはたきながら言った。アキちゃんはなにかと「ぶっ殺す」というコだったが、そのときの「ぶっ殺す」はいつも以上に語気が強かった。わたしはアキちゃんの脅しに縮みあがった風に頷きながら、内心では、誰かに話すにしても話さないにしても、来月にはこの街をでていくわたしにはもう関係がないことだ、と思っていた。

「財布、明日ぜったいに持ってきてよね」

とアキちゃんは重ねて言った。

翌日の学校で、わたしはアキちゃんに財布を献上した。タナさんからもらった手前、タナさんにはどうか内密に、と頼むと、アキちゃんは、ふん、と鼻で笑っただけで、あとはうっとりと——例のさみしげな手で——じぶんのものになった財布を撫でまわしていた。

そうしてしばらくは安泰の日々だったものの、いよいよ春休み間近になって、(わたしは春休みに入ったらすぐに引っ越す予定だった）どこからもれたのか、わたしが転校するという話がうっすらと広がっていき、それがとうとうアキちゃんにも伝わってしまったのだった。

筆舌に尽くしがたい、そのときの修羅場《しゅらば》――アキちゃんによる度重なる詰問《きつもん》や、呪詛《じゅそ》めいた誹謗《ひぼう》の数々――はここでは割愛するとして、とにかくわたしは決定的にアキちゃんを怒らせてしまったようだった。

その日からアキちゃんはわたしを徹底的に無視するようになった。アキちゃんのまえでは、わたしはまるで幽霊になったかのようだった。だからわたしは幽霊になった気分でアキちゃんを見ていた。マリナちゃんにかしずき、タナさんに媚びを売るアキちゃんをのんきにながめていた。思わぬかたちではあったが、アキちゃんとの決別という長年の夢を叶えたことにわたしは無尽の喜びを感じていた。

アキちゃんの呪縛から放たれたわたしは、教室でひとりポツンとしていた。はじめのうちはそんな孤独をしんみりかみしめるように味わったものだったが、やがて飽きると、幽霊よろしく校内をひっそりと徘徊するようになった。ときおりそこにアキちゃんがいて、それがさも楽しそうに笑っているときなどには、いままでとは違う、しずかな鬼火のような憎しみがわたしを包んだ。わたしはその火が鎮まるまではじっと物陰からアキちゃんを見つめていた。そうしてアキちゃんの笑顔を見ていると、わたしの頭にはアキちゃんがタナさんに財布の件を密告している絵――そのときのアキちゃんの下品な顔！――がまざまざと浮かんでくるのだった。

そんなある日、バッチャンがわたしに会いに教室までやってきた。わたしの転校話が本当か確かめにきたのだった。バッチャンに報告するのをすっかり忘れていたわたしが気おくれからもじもじと、うん、まぁ、そうなんだよね、と口ごもれば、バッチャンは、ふぅん、本当だったんだ、と言って黙りこんだため、あせったわたしが、また遊びに来るからさ、手紙も書くよ、などとその場しのぎに言うと、バッチャンは口を尖らせたまま、ふぅん、まぁいいけどさ、と、ふてくされたように言った。

とうとうわたしはバッチャンにも愛想をつかされたのかと途方にくれていると、翌日、バッチャンはじぶんの住所を書いたものを携えてふたたびやってきた。その手にはもうひとつ、白い小さなポチ袋があって、それもわたしにくれるのだという。受けとると、小さな粒の質感があり、耳元でふると、さらさらと音を立てた。バッチャンによれば、それは少量の米なのだが、ただの米ではなく、ある偉い方のパワーが入ったもので、それを食べつづければどんな病気にもかからない、あるいは治ってしまう、のみならず、これをただ持ちあるいているだけでも疫病除けになるのだという。

「おまもりだよ」

とバッチャンは言った。その言葉を、親友のあかしだよ、と聞きなしたわたしは嬉しさのあまり、

「すごいよ、これ。なんか持ってるだけで、かなり元気になってきたよ」

と言えば、バッチャンは尖らせた唇の端をニヒルに吊り上げた。

そうして春になると、わたしは無事に街を去った。

その後バッチャンとは何度か文通をかわしたが、わたしの不精によってやがてそれは途絶えた。


それから偶然にしてアキちゃんのその後を知ったのは、わたしが十八のときで、大学に入学した年の春だった。

わたしは都内のちいさな女子大に入ったはいいものの、無目的な毎日をもてあましていた。四月のある日、サークルの新入生勧誘にせわしい校舎をまわりながら、なにかサークルにでも入ってみようかといくつかのぞいたものの、どれにも興味がわかず、口をきく知り合いさえいないわたしはくたびれた足を休めようと、校内のちいさなカフェテリアに入っていった。

そこは半地下で、天井までのびるガラス窓の下はカウンター席になっていた。わたしは自販機で買ったコーヒーを持ってそこに腰かけた。窓ガラスをすかし見れば、目線の先が中庭の芝生の高さで、そのまま見上げると、芝生を囲うように植わった桜が見渡せる。ちょうどじぶんが地上に顔を出したモグラになったかのような光景である。

カフェテリアの冷房はついていないようで、うすく開いた窓から涼やかな風がすべりこんでいた。よく見れば、床に点々と花びらが落ちている。中庭の燦々《さんさん》とした日差しとは反対に、カフェテリアは資料室のようにうす暗く、丸テーブルにいくつかのグループが話し込んでいるほかは地上の活気にたいして静かだった。

わたしはことのほかカウンター席から桜がよく見えること、それが花盛りであること、またカウンター席にいるのがわたしだけであることに満足した。

そうして呆けたまま花見をしていると、中庭のほうからなにやら音が聞こえてきた。腰を浮かせて見回すと、桜の前で赤い毛氈《もうせん》を敷き、琴を並べている人たちがある。何人かがその前に座っている。おそらく新入生勧誘の催しだろう、やがて演者たちは「さくらさくら」をひきはじめた。わたしはほとんど小学生以来ひさしぶりに聞く琴の音色に耳をすましながら、あたまでは「さくら、さくら……」のあとの歌詞がいっこうに思いだせないのに愕然《がくぜん》としていた。わたしは思いだすのをあきらめると、桜を見上げながら「さくらさくら」を聞き澄ました。するとなにかじぶんが貴族になったかのようで、一興、と思い、またそう思ったじぶんにひとりニヤニヤした。

そのとき、コーヒーを見おろした視界の端にするりと白い手が置かれた。見れば、わたしとおなじくらいの若い女が机にかるくもたれ、わたしを見おろしてほほえんでいる。色の抜けた髪は頬のあたりから大きくうねり、輪郭を隠している。目元の化粧も濃いが、不自然に赤い頬にまず目を奪われる。呆然と女を見上げていると、女は赤い唇を恥じらうように引き伸ばし、並びのいい歯を見せて笑った。その歯を見てもなおその女に見覚えがなく、動揺のあまり、えっ、と声をだすと、

「ミッカーだよね」と女は笑って言った。「あたし、タナベリカだけど。覚えてるかな。小学

校、一緒だったでしょ」

そのときになってようやくわたしは過去のタナさんと目の前に立つ小綺麗な女とがおぼろげながら合一し、ああ！　と声をあげた。（このとき即座にタナさんとわからなかったのは、わたしのうかつさというよりもタナさんのすさまじい変貌ぶりのせいであると言いたい。少なくともわたしの記憶のなかのタナさんは反《そ》っ歯《ぱ》でがちゃがちゃと入り乱れるような歯列の持ち主だったのだ。）

「変わったね」

わたしが感嘆して言うと、

「だって小学生のときから会ってないんだよ、変わるよ、そりゃあ」とタナさんは言った。「でもミッカーは変わんないね。あたしすぐわかったもん、うしろ姿でわかった。ミッカーって、すごい猫背じゃん。ミッカーくらい猫背なひとって、そうそういないもんね」

そう言って大口をあけて笑う、その快活さは昔のままだった。

聞けば、タナさんはわたしとは学部が違うものの、入学式に渡された名簿でわたしの名前を見たときから、もしやと思っていたらしい。それから何度か校内でわたしを見かけ、やはりあれはミッカーだと確信したということだった。

「いつか話しかけようと思ってたんだ。すごいよね、同じ大学なんてさ」

と目を輝かすタナさんを見た瞬間に、わたしは久しく忘れていた記憶——タナさんからもらった財布をアキちゃんに横流しした件をはたと思いだした。わたしは、タナさんは結局あの件を知っているのだろうか、知っていたとしたら、いまもまだ覚えているだろうか、よしんばいまはまだ忘れているとしても、こうしてわたしの顔を見ているうちに徐々に思いだす可能性だってある、現にわたしがそうなのだから、と後ろめたさがほの暗く胸に広がっていくのを感じながら、とりとめもないことをしゃべり続けるタナさんに調子をあわせていた。そうして内心ハラハラしていたのだったが、対してタナさんは赤い唇を動かしつづけ、整列した歯を見せつけながら、やがて話題は本格的な思い出話にうつっていった。

これまでに名前のあがらなかったクラスメイト達にもそれなりにそれぞれのパッとしない運命があったようだったが——そしてタナさんからすればそういった人たちの話をするのが俄然《がぜん》おもしろいらしいのだが——あえてここに書きとめておくほどでもない。

特筆すべきはバッチャンの来歴というか行く末であって、タナさんによれば中学を卒業した後のバッチャンのことはなにもわからないという。なぜならバッチャンは鳥取にある全寮制の高校へ入り、ほどなくして坂内家もどこかへ越してしまったからだった。

「なんで鳥取に」

驚いて聞くと、タナさんは首をふり、知らない、とそっけなく答えた。

「でもさぁ、あそこの家って、なんか宗教入ってたじゃん。高校もそういう関係らしいよ。よく知らないけど」

タナさんは声をひそめて言った。

わたしは眼前の桜のそのまた遠くを見上げながら、行ったこともない鳥取の地を思い浮かべようとした。けれどもあたまに浮かぶのはテレビや写真で見た茫洋《ぼうよう》たる鳥取砂丘の絵のみで、あとはなにも思いつかなかった。そしてそのなかに口を尖らせたバッチャンの渋面を重ね合わせてみれば、それはかつての友人がすでに時間的にも物理的にも遠く隔たったところにいってしまったのだというかんじを強く思わせた。わたしはいままで一度も考えたことのなかった、もう二度とバッチャンに会うことはないだろう、ということをこのときはじめて思い知った。

　タナさんの話を聞き流しながら――タナさんはどうやら話の通じる部外者に内輪話を聞かせたいらしく、わたしと同じようにコーヒーを買いに席を立ったり窓外の桜を見上げてもなお、その口からはとめどなく人のうわさ話があふれつづけるのだった――わたしはアキちゃんの消息を聞き出すべきか迷っていた。わたしがいなくなったあとのアキちゃんの生活がどんなものだったか知りたいと思う気持ちと、知らないほうがいいと思う気持ちとがせめぎあっていた。

　けれどもタナさんの話が石川くんのことに触れ、そして石川くんが中学時代にマリナちゃんと付き合っていたという話に及ぶと、わたしはとうとう我慢ならずにアキちゃんのことを尋ねた。

「ああ、アキね」

　とタナさんは言った。わたしはタナさんがアキちゃんではなくアキと呼んだことと、その声色にかすかに嘲笑のいろのまざっていることに気づいた。

「アキとは高校が違うし、いま連絡とってないから、よくわかんないけど。なんか、すごい遠くの高校に行ったんだよね。たしか園芸コースだったと思う」

「園芸……」

「花とか野菜とかつくるらしいよ。わたしが思うにさ、あのコ、みんなと離れたかったんじゃないかな。中学のときは結構いじられてたっていうか、パシらされてたからさ」

「えっ」

「だってさ、中学ってホラ、違う小学校のコも混ざるじゃん。そのコたちはさ、アキのこと知らないわけじゃん。そうするとさ、やっぱりアキだって、小学校のときみたいにはいかないよ。男子はガキだからさ。あの子も結構ひどいこと言われてたけど、あたし達だって、いちいちかばってられないじゃない」

わたしはタナさんから目を外し、窓外を見すかした。

「ねぇ……、わかるでしょ？」

タナさんはささやくように言った。そうしてわたしの顔を見た。わたしはいつもならだいたいわかっているじぶんの顔がいま一体どうなっているのかわからなかった。わたしはいろんなことがわからなくなっていた。アキちゃんが中学でどんないじられかたをして、どんなパシらされかたをしたか、男子にどんなひどいことを言われ、どんなふうにかばってもらえなかったのか、わたしには何もわからなかった。

いまとなっては多少、想像することもできる。けれどもあのときのわたし、十八のわたしにはアキちゃんがうけた仕打ちについて考えることができなかった。わたしはただ、――ここにウソを並べてもしょうがないので正直に書くが――アキちゃんは自らのカルマを清算したのだ、と思っただけだった。

わたしの眼前には中庭があり、桜があり、青い芝生には赤い毛氈が敷かれ、琴が並べられ、それをひいている人たちと、そのまえで座っている人たちがいた。「さくらさくら」はとっくに終わっていて、それからいくつかの曲がひかれ、アキちゃんの話を聞いていたときはちょうど「荒城の月」だった。わたしは例によって「春高楼の花の宴《えん》」まではわかるのに、そのあとの歌詞が思いだせなかった。

「ねぇ、これ、荒城の月だね」

わたしが言うと、タナさんは耳をすませてから、

「そういえば、そんなのあったね」

と言った。わたしが「春高楼の……」と口ずさんでから、

「ねぇ、このあとの歌詞、わかる」

と聞くと、タナさんは顔をしかめてあさってを向き、春高楼の……と鼻歌で歌ってから、うーん、と唸《うな》った。

「だめだ、覚えてないや」とタナさんは言ったあと、「あっ、でもこんな歌詞なかったっけ。むーかーしーのーひーかーり、いーまーいーずこ」と歌った。

わたしはいまでもタナさんが「昔の光 今いずこ」と歌ったときのことをありありと思いだせるが、そのときのわたしがアキちゃんと「昔の光 今いずこ」を重ね合わせて、安直でうすっぺらい物思いにふけったわけではない。それをしたのはもっとあとのことだ。石川くんとマ

リナちゃんが付き合っていると知ったときのアキちゃんを想像したのも、そういうことが度々くりかえされたかもしれないアキちゃんの生活を思ったのも、そのときから何年もたってからだった。もしもアキちゃんがアキちゃんの望む体で生まれていたなら、アキちゃんの人生はどんなふうだっただろう、と考えたとき、アキちゃんはすでにそれを何度考えただろうと、そう思ったのも、十八のころでなく、もっとずっとあとになってからで、そのときのわたしは何も考えなかった。いや違う、もっとずっと残酷なことを考えていたのだ。

三木三奈（みき・みな）
一九九一年生まれ。二〇二〇年、「アキちゃん」で第一二五回文學界新人賞を受賞しデビュー。二〇二三年に発表した『アイスネルワイゼン』で、第一七〇回芥川賞候補となる。

アイスネルワイゼン

二〇二四年一月十五日　第一刷発行

著者　三《み》木《き》三《み》奈《な》
発行者　花田朋子
発行所　株式会社　文藝春秋
〒一〇二―八〇〇八
東京都千代田区紀尾井町三―二三
☎〇三―三二六五―一二一一
印刷所　大日本印刷
製本所　大口製本

　ISBN978-4-16-391812-9